# Draco Urban Warriors

Lea T. Earl

**Draco – Urban Warriors**


www.leatearl.wordpress.com
Email: leatearl@yahoo.com
Deutsche Erstausgabe Juli 2014



Herstellung und Verlag: CreateSpace

ISBN-13: 978-1500657208
ISBN-10: 1500657204

## Inhalt

DRACO – URBAN WARRIORS

Lea T. Earl

Thriller Romance – ein erotischer Liebesroman

# Prolog

Ich bin mir sicher, dass ich in dem russischen Militärgefängnis unter der Folter der Soldaten gestorben wäre. Es war nur Dracos Gnade, die mich gerettet hat.

# Kapitel 1

Eigentlich hätte ich gar nicht an dieser Konferenz in Moskau teilnehmen sollen.

Ich fahre an Mikes Stelle, Camerons Stellvertreter und Vize-Boss der Firma, der sich das Bein gebrochen hat und im Krankenhaus liegt. Motorradunfall.

Jetzt sitze ich neben Cameron in der Business Class, Los Angeles - Moskau, zwölf Stunden und fünfundvierzig Minuten.

Wir fliegen zu einer Konferenz für Softwareentwickler, unsere Firma erstellt Softwareprogramme für Navigationsgeräte. Ich bin keine Programmiererin, ich habe keine Ahnung von Softwareentwicklung. Ich bin PR-Assistentin in der Marketingabteilung, und ich habe den Job erst seit sechs Monaten.

Die Bezahlung ist gut und es gibt tolle Zusatzleistungen wie medizinische Vorsorgeuntersuchungen und sogar ein hausinternes Fitnessstudio.

Und früher gab es außerdem noch Cameron.

Er legt seine Hand auf mein Bein, schiebt meinen Rock hoch und streichelt über mein Knie. Kleine, kreisende Bewegungen. Ich weiß genau, was er will.

„Hör auf damit, Cam.“ Ich schiebe seine Hand weg, ein wenig zögerlich, ich will ihn nicht verärgern, schließlich ist er mein Boss. Aber wir haben vor einem Monat Schluss gemacht.

Er hält mein Handgelenk fest und drückt meine Hand an seinen Schritt. Ich fühle seine Erektion.

„Komm schon, Lilly“, raunt er, seine Augen glänzen. „Um der alten Zeiten Willen?“

„Cam, ich dachte, wir wären uns einig.“ Ich will ihm meine Hand entwinden, doch er lässt es nicht zu. Ich weiß genau, warum er ausgerechnet mich auf diese Dienstreise mitgenommen hat.

Er beginnt, mit meiner Hand über seinen Schwanz zu reiben. „Süße, die Flugzeugtoilette ist gleich hier“, murmelt er. „Komm schon …“

Ich zerre meine Hand gewaltsam aus seinem Griff. Schlimm genug, dass ich eine Affäre mit meinem Boss gehabt habe – es ist endgültig aus zwischen uns und ich werde ihn bestimmt nicht auf einer Flugzeugtoilette vögeln.

Ich bin nicht stolz darauf, dass ich mich mit ihm eingelassen habe, aber ich war gerade erst nach L.A. gezogen und Cam hat mich beeindruckt. Er war erfolgreich und mächtig, das hat mir gefallen. Ich habe zu spät gemerkt, dass er außerdem ein riesen Arschloch ist.

Ein riesen Arschloch, das mich nur aus einem einzigen Grund nach Moskau mitnimmt: Um mir im Hotelzimmer den Verstand rauszuvögeln.

Oder auf der Flugzeugtoilette.

Verdammter Mist. Wie überstehe ich die nächsten drei Tage, ohne die Beine für Cam breitzumachen und behalte trotzdem meinen Job?

Zum Glück durchfliegen wir leichte Turbulenzen, die Warnleuchten über uns gehen an. Wir dürfen unsere Sitzplätze nicht verlassen.

Cam lehnt sich in seinem bequemen Businessclass-Sitz zurück und schnauft frustriert. Dabei betrachtet er mich mit einem so verlangenden Ausdruck in den Augen, dass ich genau weiß, was in seinem Kopf vorgeht. „Du brichst mir das Herz, Lilly. Aber heute Nacht wirst du mir nicht entkommen.“

Ich kenne diesen Tonfall. Spielerisch, aber eine eindeutige Machtdemonstration. Cameron war schon immer ein dominanter Kontrollfreak.

Ich erwiderte nichts, meine Finger krallen sich in die Armlehne. Heute Nacht, im Hotel, wird er erwarten, dass ich tue, was er verlangt. Er wird keinen Widerspruch dulden.

Doch nach der Ankunft liegt erstmal die Konferenz vor uns. Cameron wird sich noch den ganzen Tag gedulden müssen, bis wir im Hotel sind, und ich habe Zeit, mir einen Plan zu überlegen.

Dieser Plan sollte besser verdammt gut sein, denn Cameron ist es gewohnt, zu bekommen, was er will.

Wir landen um sieben Uhr dreißig in Moskau, die Konferenz beginnt um neun. Wir fahren vom Flughafen direkt zur Messehalle, am Kreml vorbei in die Moskauer City.

Viele russische und internationale Firmen nehmen an der Konferenz teil. Ich staune über die Besuchermassen, die sich im Eingangsbereich drängen, Seminarprogramme und Pläne der Halle in ihren Händen, als meine Aufmerksamkeit plötzlich an einem Mann hängenbleibt.

Er ist größer als die meisten Teilnehmer, bestimmt eins fünfundneunzig, und hat kurze, blonde Haare. Der Blick seiner eisblauen Augen trifft mich wie ein Pfeil. Etwas an ihm ist mir unheimlich. Obwohl er auf der anderen Seite der Eingangshalle steht, fühle ich seine bedrohliche Energie und senke verwirrt den Blick.

Cameron hält zielstrebig auf einen der Seminarräume zu, wo er als Gastredner an einem Vortrag teilnehmen wird. Ich folge ihm, froh, dem Blick des blonden Hünen zu entkommen. Während ich mich in den Zuhörerraum setze, begrüßt Cameron die anderen Vortragenden und nimmt seinen Platz auf der Bühne ein.

Während des Vortrags – es geht um die Relevanz einer neuen Platinentechnologie, ich verstehe kaum ein Wort – lasse ich meinen Blick über die Zuhörer wandern. Und erstarre.

Der blonde Mann mit den eisblauen Augen sitzt ganz hinten im Raum. Er scheint mich nicht bemerkt zu haben, seine Aufmerksamkeit liegt bei den Rednern auf der Bühne. Sein Gesicht zeigt keine Regung, es ist undurchdringlich wie eine Maske. Hastig drehe ich mich wieder nach vorn. Warum irritiert mich dieser Mann so? Seine Präsenz ist furchteinflößend, und obwohl mindestens hundert Zuhörer um mich herum sitzen, macht es mich unruhig, mit ihm im selben Raum zu sein.

Er ist wie ein Drache, dem man nicht zu nahe kommen will.

Der Vortrag dauert eineinhalb Stunden, zwei mit der Publikumsdiskussion. Als sich schließlich alle erheben und der Raum sich leert, warte ich neben der Bühne auf Cameron. Aus dem Augenwinkel suche ich nach dem blonden Hünen, um ihm nicht aus Versehen über den Weg zu laufen – doch ich kann ihn nicht mehr entdecken, er ist verschwunden.

Es ist Zeit für eine Kaffeepause und für Cameron bedeutet das, neue Kontakte in der Branche zu knüpfen. Während er sich angeregt mit den anderen Teilnehmern unterhält, Visitenkarten austauscht und zukünftige Geschäftsbeziehungen anbahnt, stehe ich ein wenig verloren beim Buffet und nippe an meinem Kaffee. Ich war schon immer eher schüchtern, es fällt mir nicht leicht, mich mit wildfremden Menschen zu unterhalten. Meinen Job erledige ich vom PC aus, die Pressemitteilungen gehen per Email raus.

Unbehaglich trete ich von einem Fuß auf den anderen, Cameron habe ich längst aus den Augen verloren. Als ich die offenstehende Tür zu einem Seminarraum entdecke, husche ich kurzerhand hinein.

Hier ist niemand außer mir, das Geplauder der Teilnehmer dringt gedämpft herein. Ich atme erleichtert durch und schlendere zwischen den Sitzreihen hindurch bis zur Bühne. Dort steht ein langer Tisch mit einem grünen Tischtuch, an dem normalerweise die Redner sitzen. Ich klettere auf die Bühne und lehne mich an die Tischkante. Wenn ich mir vorstelle, dass der Raum voller Zuhörer ist und ich hier oben sprechen müsste … allein der Gedanke daran lässt meine Handflächen vor

Nervosität feucht werden. Bei Cameron sieht das immer so einfach aus.

Aber Cameron hat auch ein überdimensionales Ego, er ist so von sich überzeugt, dass er die anderen Menschen damit einfach überfährt. Sie wissen ja nicht, dass hinter der selbstbewussten Fassade ein egoistischer Opportunist steckt.

„Hier hast du dich versteckt."

Ich schrecke auf, als ich Camerons Stimme höre. Er kommt langsam auf mich zu, steigt auf die Bühne hinauf und bleibt direkt vor mir stehen. „Ich habe mich schon gefragt, wohin meine Süße verschwunden ist."

„Cam …" Ich rutsche unbehaglich an der Tischkante entlang, doch Cameron drängt sich gegen mich und lässt mir keinen Bewegungsspielraum. Als ich abwehrend meine Hände auf seine Brust lege, packt er plötzlich meinen Kopf und drückt einen Kuss auf meine Lippen, stößt gierig seine Zunge in meinen Mund.

„Cam!" Ich drehe den Kopf weg, winde mich an seinem Körper, versuche, ihm auszuweichen, doch er packt meinen Hintern und drückt sein Becken gegen mich, lässt mich spüren, wie hart er ist.

„Lass es uns hier tun", keucht er. „Hier, direkt auf dem Tisch. Süße, ich bin schon so lange geil auf dich."

Ohne auf meine Zustimmung zu warten, hebt er mich auf die Tischplatte und schiebt meinen Rock hoch. Er ist so erregt, dass er wirklich grob zu mir ist, und plötzlich bekomme ich es mit der Angst zu tun.

Ich weiß, dass Cameron kein Mann ist, der ein Nein als Antwort akzeptiert, aber dass er mich offenbar dazu zwingen will, schockiert mich.

„Hör auf, Cameron", zische ich und beginne, ihn ernsthaft abzuwehren.

Verdammt, er ist so viel stärker als ich! Er drängt seinen Körper gegen mich und keucht, ein überlegenes Grinsen im Gesicht.

„Komm schon, Lilly, du willst es doch auch."

„Cameron, wenn du mich nicht sofort loslässt, dann werde ich schreien! Ich schwöre, ich schreie …“

Seine Hände zwingen meine Oberschenkel brutal auseinander, er drängt sich zwischen meine Beine.

„Was ist hier los?“

Eine fremde Stimme ertönt plötzlich hinter Cameron. Er hält verärgert inne, ich spähe an ihm vorbei und mein Herz bleibt fast stehen.

Der große, blonde Mann steht mit verschränkten Armen in der Tür, sein stechender Blick auf Cameron gerichtet. Jetzt kommt er auf uns zu, bis er neben uns auf der Bühne steht.

„Halten Sie sich da raus“, knurrt Cameron. „Es ist nicht das, wonach es aussieht. Sie steht drauf, das macht sie an.“

Mit bleibt vor Empörung die Luft weg.

Der blonde Fremde verzieht keine Miene. Er spricht Englisch, aber mit russischem Akzent. „Sie haben gehört, was die Dame gesagt hat. Lassen Sie sie los.“

Cameron rührt sich nicht von der Stelle. Der blonde Mann packt Camerons Arm, so schnell, dass Cameron nicht reagieren kann, und reißt ihn von mir fort.

Cameron ist kein schmächtiger Mann, er trainiert fast täglich im firmeneigenen Fitnessstudio, aber gegen den blonden Hünen hat er keine Chance. Er verzieht schmerzhaft das Gesicht, als der blonde Mann ihn von mir fortreißt und von der Bühne stößt.

Cameron stolpert gegen die erste Sesselreihe und reibt sich verärgert den Ellbogen. Giftig starrt er zu uns herauf, wagt es aber nicht, den Hünen herauszufordern.

Drohend zeigt er auf mich. „Wir sehen uns noch, Lilly.“ Dann verzieht er sich aus dem Raum.

Ich traue meinen Augen nicht. Das ist das erste Mal, dass ich erlebe, wie Cameron vor einem anderen Mann den Schwanz einzieht.

Ich rutsche von der Tischplatte und schiebe hastig meinen Rock über meine Oberschenkel. Der blonde

Fremde steht neben mir, seine eisblauen Augen betrachten mich forschend.

Er ist wirklich riesig, ich reiche ihm gerade bis zur Brust. Der dunkle Anzug, den er trägt, spannt sich über seine breiten Brustkorb und die kräftigen Schultern. Wenn das darunter wirklich alles Muskeln sind, dann verstehe ich, dass Cameron gegen ihn keine Chance hatte.

Seine Nähe macht mich nervös, ich blicke zu Boden.

„Ist alles in Ordnung?“, fragt er. „Hat er Ihnen wehgetan?“

Ich schüttele den Kopf. „Nein. Ich … ich weiß, er hat gesagt, dass ich …“ Ich schlucke. „Ich wollte das wirklich nicht.“ Ich hebe scheu den Blick und sehe ihn an. Die bedrohliche Energie, die von seinem Körper ausgeht, kribbelt auf meiner Haut. Ich will am liebsten davonlaufen, aber ich lehne wie gelähmt am Tisch und kann mich nicht rühren.

Außerdem habe ich das Gefühl, dass ich diesem Mann nicht entkommen kann, dass er mich ohnehin sofort einholen würde. Wahrscheinlich käme ich keinen Schritt weit, wenn er es mir nicht gestattet.

Sein Ausdruck verdunkelt sich. „Ich weiß, wie eine Frau aussieht, der es gefällt, dominiert zu werden. In Ihren Augen habe ich allerdings nur Furcht gesehen.“

Ich schlucke wieder, meine Hände sind eiskalt. Das Kribbeln auf meiner Haut wird stärker.

„Ist er Ihr Freund?“, fragt er ruhig, während er von der Bühne steigt und mir seine Hand anbietet, um mir herunterzuhelfen.

Zögernd ergreife ich sie. Seine Berührung schießt durch meinen Körper wie ein Stromstoß.

„Er ist mein Boss“, sage ich atemlos und steige hinunter.

Seine Hand ist stark und kräftig.

„Er ist ein Schwein.“ Er lässt mich los.

Schweigend betrachtet er mich. Ich spüre, wie mein Körper durch die Nähe dieses Mannes und seinen unnachgiebigen Blick zu beben anfängt.

Ich weiß nicht, was mich so stark auf ihn reagieren lässt, oder warum ich mich immer noch vor ihm fürchte, obwohl er mich gerade vor Cameron gerettet hat. Da ist etwas an ihm, wie eine bedrohliche, zurückgehaltene Kraft, die unter der Oberfläche darauf wartet, entfesselt zu werden und hervorzubrechen.

„Kommen Sie", sagt er. „Die Tagung geht gleich weiter." Er legt seine Hand an meinen Rücken, um mich aus dem Raum zu führen, seine Berührung jagt mir einen Schauer über den Körper. Die Geste ist beschützend und besitzergreifend, doch nicht in der erniedrigenden Art, wie Cameron mich gern behandelt.

Ich blicke den hünenhaften Fremden an und mir wird klar, dass er in einer ganz anderen Liga spielt als Cameron – oder jeder andere Mann, dem ich bis jetzt begegnet bin.

Wir durchqueren den Seminarraum, ich versuche, meine verwirrten Gedanken zu ordnen, bevor wir zurück zu den anderen Teilnehmern gehen und ich Cameron wieder gegenübertreten muss.

Doch kaum haben wir die Tür zur Kaffeelounge erreicht, geht das Maschinengewehrfeuer los.

# Kapitel 2

Der blonde Fremde reißt mich zu Boden, während die Salven draußen losrattern. Seine Arme bilden einen schützenden Käfig um mich, die Luft wird mir aus den Lungen gepresst, ich keuche erschrocken und spüre seinen riesigen, schweren Körper über mir.

Du lieber Himmel, er hat wirklich Muskeln! Es fühlt sich an, als wäre sein ganzer Körper aus Stahl, als er über mir kauert und mich auf den Boden drückt.

„Sind Sie verletzt?“, knurrt er.

„N… nein“, stottere ich. „Was ist da draußen los?“

„Bleiben Sie hier.“ Er springt mit einer geschmeidigen, kraftvollen Bewegung auf die Beine und rennt hinaus in die Lounge.

Ich krieche zitternd auf allen Vieren zur Tür. In der Kaffeelounge ist Panik ausgebrochen, die Menschen schreien und rennen durcheinander. Ich sehe ein Dutzend uniformierter Männer mit Maschinenpistolen, die die Eingänge versperren. Einer von ihnen ballert gerade eine Salve über die Köpfe der Menschen hinweg, die sich kreischend ducken.

„Keiner rührt sich!“, brüllt der Schütze, und die Konferenzteilnehmer kauern sich auf dem Boden zusammen. Viele haben angstverzerrte Gesichter, ein paar Frauen weinen.

Ich verstecke mich hinter der Tür, damit sie mich nicht sehen. Mein Herz hämmert wie verrückt, während ich mich gegen die Wand drücke. Der Seminarraum beginnt, sich zu drehen.

Was wollen diese Männer nur? Sind es Soldaten? Auf ihren Uniformen tragen sie etwas, das aussieht wie Armeeabzeichen – aber warum sollte das russische Militär eine Softwarekonferenz stürmen?

Werden sie uns alle erschießen?

Ich hyperventiliere und zwinge mich, langsamer zu atmen.

*Bloß nicht ohnmächtig werden, Lilly. Bloß nicht ohnmächtig …*

Plötzlich höre ich, wie einer der Soldaten brüllt:

„Wo ist Kinkirk?" Seine Stimme donnert durch den Raum und mir bleibt fast das Herz stehen. „Cameron Kinkirk?"

Ohne nachzudenken kralle ich mich am Türrahmen fest und spähe hinaus in die Lounge. Zwei der bewaffneten Männer ziehen Cameron gerade auf die Beine und schleifen ihn zu ihrem Anführer.

Camerons Gesicht ist kreidebleich.

„Was soll das?" Seine Stimme überschlägt sich. Er hat eine Scheißangst. „Was wollen Sie von mir?"

„Mr Kinkirk, Sie werden festgenommen wegen Bedrohung der Staatssicherheit", sagt der Anführer, während die Soldaten Cameron in Richtung Ausgang schleifen.

*Bedrohung der Staatssicherheit?* Was soll das bedeuten? Ich starre fassungslos auf Cameron und die Soldaten, kann nicht glauben, was gerade geschieht.

„Ich bin das nicht gewesen!", brüllt Cameron. Jetzt höre ich echte Panik in seiner Stimme. „Sie haben den Falschen!" Er wehrt sich gegen die beiden Soldaten, die ihn auf den Ausgang zuschleifen, und stemmt seine Beine in den Boden. „Sie ist es gewesen, nicht ich!" Er deutet mit dem Kopf in Richtung des Seminarraums, wo ich mich verstecke. Mir gefriert das Blut in den Adern, als ich ihn kreischen höre: „Sie ist die, die Sie wollen! Lilly Bennett!"

Ich komme hastig auf die Beine und stolpere ein paar Schritte rückwärts, sehe mich um, doch der Seminarraum hat nur eine Tür. Ich überlege einen wilden Augenblick lang, ob ich aus dem Fenster springen soll, aber schon stürmen zwei bewaffnete Soldaten in den Raum, packen mich und zerren mich hinaus in die Lounge.

Mein Herz hämmert wie verrückt gegen meinen

Brustkorb, als mich die Männer quer durch den Raum auf den Ausgang zuschleifen. Ich verstehe überhaupt nicht, was vor sich geht, was die Soldaten von mir wollen und warum Cameron mich verraten hat … ich werfe ihm einen angsterfüllten Blick zu, doch er nimmt mich gar nicht wahr, ist vollkommen damit beschäftigt, sich selbst zu retten. Ununterbrochen redet er auf den Anführer der Soldaten ein, beschuldigt mich, die gesuchte Person zu sein.

Was für eine gesuchte Person? Verdammt, worum geht es hier überhaupt?

Plötzlich erscheint der blonde Fremde aus dem Nichts und tritt den Männern, die mich festhalten, in den Weg.

Mir bleibt die Luft weg, er kann sich doch nicht gegen bewaffnete Soldaten stellen! Zitternd und mit weit aufgerissenen Augen starre ich ihn an, während er etwas auf Russisch zu den Soldaten sagt, und sich dann dem Anführer zuwendet.

Ich verstehe kein Wort, doch sie scheinen eine heftige Meinungsverschiedenheit zu haben. Der blonde Hüne deutet während der Diskussion auf mich, aber der Anführer der Soldaten schüttelt den Kopf, die beiden beginnen zu streiten. Schließlich wird der blonde Mann von zwei Soldaten gepackt und festgenommen.

Man legt uns Handschellen an, dann werden wir aus der Halle nach draußen gebracht und gezwungen, in verschiedene Fahrzeuge einzusteigen. Ich sitze eingeklemmt zwischen zwei Soldaten auf der Rückbank eines militärischen Geländewagens und bebe am ganzen Körper, als der Konvoi sich in Bewegung setzt.

Was will das Militär von uns? Warum haben sie uns entführt? Was zur Hölle versucht Cameron, mir anzuhängen?

Keiner der Soldaten redet mit mir, während der ganzen Fahrt schweigen sie wie stoische, stumme Wächter. Das macht die Entführung noch beängstigender. Wenn sie mir wenigstens sagen würden, was mir vorgeworfen wird!

Dann könnte ich ihnen erklären, dass das alles ein schreckliches Missverständnis ist, dass ich nichts mit *irgendetwas* zu tun habe, dass eine Entführung durch das russische Militär rechtfertigen würde … Aber niemand redet mit mir.

Mir bleibt nichts anderes übrig, als abzuwarten, wohin man uns bringt, und zu hoffen, dass Cameron die Firmenanwälte einschalten wird.

Ein düsterer Knoten bildet sich in meinem Bauch bei dem Gedanken, dass meine Freilassung womöglich von Camerons Anwälten abhängig ist. Immerhin hat er mich gerade den Soldaten ausgeliefert. Was, wenn er mich in einer Arrestzelle verrotten lässt?

Nein, Cameron ist zwar ein Schwein, aber so weit würde er nicht gehen.

Oder doch?

*'Sie ist die, die Sie wollen! Lilly Bennett!'*

Oh, verdammt. Eine grässliche Ahnung steigt in mir auf. Was, wenn an der Sache doch etwas dran ist und Cameron einen Sündenbock braucht? Wenn es darum geht, seine eigene Haut zu retten, dann würde er mich ohne zu Zögern in einem russischen Militärgefängnis zurücklassen. Das würde Cameron ähnlich sehen.

Ich atme, langsam und tief. Bloß nicht in Panik geraten. Sobald sie mich telefonieren lassen, werde ich mich selbst um einen Anwalt kümmern. Ich werde nicht darauf vertrauen, dass Cameron uns beide aus der Sache herausholt.

*Ein Anwalt. Wo kriege ich in Moskau einen Anwalt her?* Mein Verstand rast.

*Die amerikanische Botschaft.* Ich knete nervös meine schweißnassen Hände. Ich werde die Botschaft anrufen und um Hilfe bitten.

Ich schiele auf die Maschinenpistolen der beiden Soldaten neben mir. Sie können mich nicht festhalten, schließlich habe ich nichts getan.

Oh Gott, lass diesen Albtraum bald zu Ende sein.

Als wir unser Ziel erreicht haben, werden wir in eine Militärkaserne gebracht, und dort in einen unterirdischen Bunker.

Man trennt mich von Cameron und dem blonden Hünen, ich werde allein in eine Zelle gesteckt und die Tür wird verriegelt.

Keine Erklärung, kein Anruf, kein Anwalt, gar nichts.

Ich schlinge meine Arme um meinen Körper und sehe mich in der Zelle um. Sie ist fünf mal fünf Meter groß, nackte Betonwände, keine Fenster.

Die verriegelte Tür ist aus Stahl, in der Zelle gibt es nichts außer einer Toilette.

Ich fange an zu zittern – nicht vor Kälte, obwohl es hier unten höchstens zwölf Grad hat – sondern vor Angst.

Niemand weiß, dass ich hier bin. Ich weiß ja selbst nicht einmal, wohin man mich gebracht hat.

Was wirft man mir vor? Was wollen diese Männer von mir? Warum hat Cameron versucht, die Sache auf mich abzuwälzen?

Warum spricht niemand mit mir, warum lässt man mich keinen Anruf machen? Steht mir nicht ein Anwalt zu?

Oh Gott, ich habe keine Ahnung, welche Rechte ich in diesem Land habe. Nach der Art, wie man mich behandelt hat, scheint sich auch niemand für meine Rechte zu interessieren.

Was soll ich bloß tun?

Ich rüttele an der Tür, sie ist fest verriegelt. Mit einer Mischung aus Wut und Verzweiflung schlage ich mit der flachen Hand gegen den Stahl.

„Hey! Ist da draußen jemand? Können Sie mich hören?“

Keine Reaktion.

Ich schlage mit der Faust gegen die Tür, das dumpfe Pochen hallt durch die kleine Zelle.

„Sie können mich hier nicht einfach festhalten! Ich bin

Amerikanerin! Ich will mit meiner Botschaft sprechen! Hört mich jemand? Hallo?"

Nichts. Niemand reagiert auf mein Klopfen und mein Gebrüll.

Ich lehne mich an die Tür, spüre den kalten Stahl an meiner Stirn. In was bin ich da bloß hineingeraten?

Was, wenn die Soldaten nie wieder kommen? Die Wände der Zelle scheinen mich zu erdrücken. Mein Puls beginnt zu rasen, ich bekomme kaum noch Luft.

Was, *wenn* sie wiederkommen? Was haben sie mit mir vor?

Ich kauere mich in einer Ecke auf den Boden, umschlinge meine Knie und schaukle hin und her, um mich zu beruhigen.

Nackte, kalte Angst brodelt in mir hoch und jagt mir Tränen in die Augen. Mir bleibt nichts anderes übrig, als abzuwarten.

Stundenlang geschieht gar nichts. Ich bin so nervös, dass ich drei Mal auf die Toilette gehe. Sie steht ohne Sichtschutz in einer Ecke, aber schließlich ist niemand da, vor dem ich mich schämen müsste.

Was, wenn man mich hier unten sterben lässt? Diese Frage krallt sich um mein Inneres wie Klammern aus Eisen. Niemand wird meine Schreie hören, niemand wird mir hier zu Hilfe kommen.

Inzwischen ist mein Körper so ausgekühlt, dass ich unkontrolliert zittere. Ich trage bloß einen knielangen Rock und eine Bluse, die Betonwände und der Boden sind kalt und es gibt nichts, um die Kälte abzuhalten, keinen Stuhl, keinen Tisch, keine Pritsche, gar nichts. Ich gehe in der Zelle auf und ab, reibe mir über die Arme, um mich warmzuhalten.

Ich werde hier drin noch verrückt. Was wohl mit Cameron geschehen ist? Ich beiße die Zähne zusammen, damit sie nicht vor Kälte aufeinanderschlagen.

Wahrscheinlich hat sich der Dreckskerl schon aus der

ganzen Sache rausgeredet und sitzt in einem Jet auf halbem Weg zurück nach L.A., während ich hier um mein Leben fürchte. Ich könnte mir selbst in den Hintern treten dafür, dass ich mich jemals mit diesem Schwein eingelassen habe.

Wäre der blonde Fremde nicht dazwischen gegangen, hätte mich Cameron dann im Seminarraum vergewaltigt? Die Vorstellung entsetzt mich, ich will nicht glauben, dass er dazu fähig gewesen wäre.

Aber objektiv betrachtet war er gerade dabei, als der Hüne aufgetaucht ist.

Ich fühle mich elend, wenn ich an Cameron denke, also verdränge ich den Gedanken und konzentriere mich stattdessen auf den Fremden, der mir zu Hilfe gekommen ist.

Er ist eine furchteinflößende Erscheinung, so stark, dass er Cameron mit Leichtigkeit überwältigt hat. Ich habe seine Muskeln gespürt, als er mich zu Boden gedrückt hat.

Erst jetzt wird mir klar, dass dieser Mann mich drei Mal gerettet hat – oder es zumindest versucht hat – und zwar innerhalb von wenigen Minuten.

Zuerst hat er Cameron von mir weggezerrt, dann hat er mich vor dem Pistolenfeuer in Sicherheit gebracht, und schließlich hat er versucht, sich bei den Soldaten für mich einzusetzen. Obwohl ich kein Wort Russisch verstehe, so glaube ich ganz sicher, dass er mit dem Anführer der Soldaten über mich verhandelt hat.

Was hat es ihm eingebracht? Er ist ebenso wie wir verhaftet worden, weiß Gott was sie mit ihm gemacht haben.

Trotzdem hat er mich beschützt. Der riesige Fremde mit der bedrohlichen Ausstrahlung hat mich beschützt.

Während Cameron, mein Ex, mich vergewaltigen wollte und mich an die Soldaten verraten hat.

*Lilly, du solltest deine Männerwahl gründlich überdenken.*

Ich weiß noch immer nicht, was mich an dem Fremden so ängstigt. Sind es seine eisblauen Augen, dieser stechende, unbarmherzige Blick? Oder ist es seine Ausstrahlung, die deutlich sagt, dass man diesem Mann besser nicht in die Quere kommen sollte?

Würde ich ihm in der Firma in L.A. begegnen, würde ich mich wahrscheinlich nicht trauen, mit ihm in denselben Aufzug zu steigen. Ich würde ihm nicht auf so engem Raum ausgeliefert sein wollen.

Meine schmalen Finger sind blau und eiskalt. Ich erinnere mich daran, wie sie in seiner Pranke verschwunden sind, als er mir von der Bühne geholfen hat.

Seine Hände waren so groß und kraftvoll wie alles an ihm. Muskulös und durchtrainiert, gewohnt, mit schweren Geräten umzugehen … ich frage mich, was er auf einer Tagung für Softwareentwickler verloren hat. Dieser Mann hat auf mich nicht wie ein Programmierer gewirkt.

Eher wie ein … keine Ahnung, wie ein Bodyguard? Oder ein Berufskiller? Die düstere Ausstrahlung dazu hätte er schon mal.

Ich frage mich, warum man uns nicht alle drei gemeinsam eingesperrt hat. Dann hätte ich wenigstens aus Cameron rausholen können, womit er mich belastet und worum es hier verdammt noch mal überhaupt geht. Der blonde Hüne hätte schon aufgepasst, dass Cameron mir nichts getan hätte.

Was denke ich denn da? Ist es schon so weit gekommen, dass ich seinen Schutz *erwarte …?*

Nur mit Cameron hier eingesperrt zu sein wäre gefährlich. Ich glaube zwar nicht, dass er versuchen würde, über mich herzufallen, dazu ist die Situation viel zu beschissen und er hat bestimmt anderes im Kopf. Aber würde mir Cameron vielleicht etwas antun, um zu vertuschen, dass sein Sündenbock eigentlich unschuldig ist, und mir nach meinem Tod alles Mögliche anhängen?

Dieser Dreckskerl. Allein die Tatsache, dass ich ihm so etwas zutraue, ist erschreckend.

Und wenn ich stattdessen mit dem blonden Fremden hier eingeschlossen wäre? Er macht mir Angst, mehr noch als Cameron, weil ich Cameron einschätzen kann und den Hünen nicht. Obwohl er mich gerettet und beschützt hat, vertraue ich ihm nicht. Er wirkt wie eine geladene Waffe, die jederzeit losgehen kann.

Nein, ich bin froh, nicht mit ihm hier eingesperrt zu sein, allein in einem Bunker hinter meterdickem Beton …

Plötzlich wird der Riegel zur Seite geschoben, die Tür wird geöffnet, ich schrecke auf. Zwei Soldaten stoßen einen Mann in meine Zelle, ich weiche zurück, die Soldaten schließen und verriegeln die Tür.

Der Mann sieht sich blitzschnell um, richtet seinen mächtigen Körper auf, bereit zum Kampf – bis seine eisblauen Augen mich entdecken.

# Kapitel 3

Ich weiche zurück, bis ich mit dem Rücken gegen die kalte Betonwand stoße. Die Zelle ist wirklich verdammt klein.

Mein Herz klopft mir bis zum Hals, ich weiß auch nicht, warum ich mich so vor ihm fürchte. Vielleicht, weil er zornig wirkt. Nicht offensichtlich wütend, er ist beherrscht, aber es ist eine tödliche Ruhe, die von ihm ausgeht. Der Zorn brodelt unter der Oberfläche, die Stille, die ihn umgibt, ist eine Warnung.

Er bemerkt meine angsterfüllten Augen. Seine steinerne Miene verrät nichts, aber er wendet mir die Seite zu und senkt den Blick. „Hat man Ihnen was getan?“ Seine Stimme klingt rau, der russische Akzent ist unüberhörbar.

Ich räuspere mich. „Nein“, sage ich leise. Ich drücke mich noch immer gegen die Wand, er mustert mich kurz, so als ob er sich davon überzeugen will, dass ich wirklich unverletzt bin.

Dann nickt er knapp, geht langsam auf die andere Seite der Zelle und setzt sich auf den Boden. An die Wand gelehnt, mit aufgestellten Beinen, die Arme locker auf die Knie gestützt, sieht er mich aus diesen eisblauen Augen an.

Okay, offensichtlich hat er nicht vor, sich auf mich zu stürzen. Jedenfalls nicht sofort. Trotzdem traue ich mich nicht in seine Nähe, halte lieber einen Sicherheitsabstand ein und rutsche an der Wand entlang zu Boden.

*Sicherheitsabstand*, lächerlich.

Wem mache ich was vor? Wenn er wollte, wäre er in einer Sekunde bei mir.

Warum setzt er sich auf die andere Seite? Weiß er, dass ich Angst vor ihm habe? Gesteht er mir diesen Freiraum zu, damit ich mich sicherer fühle?

Die Betonwand an meinem Rücken ist eiskalt. Ich reibe

meinen klammen Finger aneinander und räuspere mich wieder. „Wissen Sie, warum man uns hergebracht hat?“

Sein durchdringender Blick ruht emotionslos auf mir. „Sie sind Lilly Bennett.“

Ich nicke. Jeder Seminarteilnehmer weiß das, seit Cameron meinen Namen quer durch die Kaffeelounge geschrien hat, als er mich an die Soldaten verraten hat.

„Sie arbeiten für GP-Tech.“

Ich nicke wieder. „So wie Cameron.“ Worauf will er hinaus?

„GP-Tech verkauft Steuerungsprogramme für Raketen an antirussische Rebellen.“

„*Was?*“

Er hebt das Kinn, beobachtet scharf meine Reaktion. „Deshalb hat man Sie hergebracht.“

Ich schüttele den Kopf. „Das muss ein Irrtum sein! Wir verkaufen Navigationsprogramme für den Straßenverkehr, doch keine Waffensteuerungssoftware!“

„Das russische Militär sieht das anders.“

Ungläubig sinke ich zurück. „Das kann doch nicht wahr sein“, murmele ich. „Das ist doch alles nur ein schreckliches Missverständnis.“

„Sie sind gerade dabei, Ihren Boss dazu zu … *befragen*.“

Seine Betonung jagt mir einen Schauer über den Rücken.

„Was meinen Sie damit?“, flüstere ich.

„Nach dem, was ich in der Kaffeelounge erlebt habe, würde ich darauf wetten, dass er versucht, Ihnen so viel wie möglich anzuhängen.“

Ich spüre, wie mir das Blut aus den Wangen weicht. „Sind Sie sicher, dass … ich meine, was soll er mir denn anhängen? Wir stellen bloß GPS Software her, das ist alles!“ Noch während ich spreche, schnürt sich mir die Kehle zusammen, weil ich an die Geldmengen denke, die Cameron allein in den letzten sechs Monaten ausgegeben hat: Ausschweifende Partys, Skifahren in Aspen, ein Lamborghini … Es war klar, dass das Geld dazu aus der

Firma kam, aber ich habe nie darüber nachgedacht, ob Cam vielleicht in dunkle Geschäfte verwickelt sein könnte.

Oh Gott, jetzt schießt der Verdacht kalt und klar in mir hoch.

Stammt Camerons Vermögen aus illegalen Waffengeschäften? Unterstützt er antirussische Rebellen, und hat ihn das russische Militär jetzt dafür in der Mangel?

„Was werden sie Cameron antun?", frage ich ängstlich.

„Sie sollten sich lieber darüber Sorgen machen, was man Ihnen antun wird", knurrt er.

Mein Magen krampft sich noch mehr zusammen. „Aber ich weiß doch nichts! Wirklich, ich weiß gar nichts!"

Er verzieht keine Miene. „Das werden die Ihnen nicht abkaufen. Vor allem nicht, wenn Ihr Boss Sie überzeugend belastet. Sie sollten besser gründlich darüber nachdenken, ob Sie wirklich *gar nichts* wissen, Ms Bennett." Er macht eine bedeutungsschwere Pause. „Das russische Militär hat seine Methoden, um an Informationen zu kommen, das können Sie mir glauben. Machen Sie es sich nicht unnötig schwer."

Mein Magen rebelliert, ich glaube, ich muss mich gleich übergeben. Hat er mir gerade zu verstehen gegeben, dass sie die Informationen aus mir herausfoltern werden? Aber es gibt doch nichts, was ich ihnen verraten könnte!

Oh, wie ich Cameron hasse! Wie kann er mir das nur antun?

„Was kann ich tun, damit die mir glauben?", frage ich, meine Stimme zittert.

„Gar nichts. Sagen Sie denen, was sie wissen wollen."

„Aber es gibt nichts, was ich ihnen sagen könnte!" Zorn und Verzweiflung treiben mir die Tränen in die Augen.

„Denken Sie nach, Lilly. Emails, Telefonate, jede Kleinigkeit könnte wichtig sein." Seine Stimme klingt eindringlich. „Die werden nicht eher aufhören, bis sie alles aus Ihnen herausgeholt haben."

Ich beginne wieder zu zittern, diesmal nicht vor Kälte,

sondern vor Angst. Plötzlich kommt mir ein Verdacht, ich dränge den Kloß in meinem Hals zurück und schlucke. „Wo sind Sie in den letzten Stunden gewesen? Was haben die mit Ihnen gemacht?"

Er schweigt, sein Blick undurchdringlich.

„Oh mein Gott", hauche ich. „Die haben Sie gefoltert?"

„Sie haben gedacht, dass ich mit Ihnen zusammenarbeite."

„Was? Aber warum? Wir kennen uns doch gar nicht." Hitze steigt in meine Wangen, als ich mich an das Gefühl seines muskulösen Körpers erinnere, der mich auf den Boden drückt, um mich vor dem Kugelhagel zu schützen.

„Ich habe mich in die Festnahme eingemischt, das hätte ich nicht tun sollen. Jetzt denken sie, dass ich mit Ihnen und Ihrem Boss gemeinsame Sache mache."

Ich schlucke trocken. „Was hat man Ihnen angetan?"

Er schweigt.

Bevor ich weiß, was ich tue, stehe ich auf und presse meinen Rücken gegen die Wand. Dann nehme ich meinen Mut zusammen, durchquere die Zelle und sinke neben ihm auf die Knie. „Lassen Sie mich sehen", flüstere ich leise.

„Sind Sie sicher?"

Ich nicke tapfer. „Meine Mutter ist Krankenschwester. Ich weiß, wie man Verletzungen behandelt." Das zumindest schulde ich ihm, wenn er schon meinetwegen in dieser beschissenen Situation gelandet ist – gefoltert von russischen Soldaten, weil sie denken, er wäre einer von uns, genauer gesagt, einer von Cams Leuten.

Ich kann es immer noch nicht fassen.

Er trägt noch den Anzug, den er auf der Konferenz getragen hat, man hat ihm bloß das Sakko abgenommen. Jetzt richtet er sich auf, öffnet das weiße Hemd und zieht es aus.

Himmel, er ist durchtrainiert! Als er sich den Stoff über die Schultern zieht, kommen darunter wahre Muskelberge zum Vorschein.

Ich ziehe scharf die Luft ein, als ich die Spuren der *Befragung* an seinem Oberköper sehe.

Es sind Verbrennungswunden, dazu Blessuren auf seinen Rippen und am Rücken, die aussehen, als ob sie von heftigen Schlägen stammen. Vielleicht von einem Baseballschläger oder einer Eisenstange.

Hätte er nicht so massive Muskeln, hätte er die Schläge wohl gar nicht überlebt.

„Es tut mir so leid“, flüstere ich, während ich mit Schauder die Spuren der Folter auf seinem Körper betrachte.

„Sie können nichts dafür.“ Seine raue Stimme streicht wie ein kühles Kribbeln über meinen Rücken. Er kniet bewegungslos vor mir, sein mächtiger Oberkörper aufgerichtet, und beobachtet mich unablässig. Neben ihm fühle ich mich klein und … wehrlos.

Die kraftvollen, definierten Muskelpakete auf seiner Brust, seinen Schultern und Armen schüchtern mich ein. Alles in dieser Zelle ist kalt, nur von seinem Körper strahlt mir Hitze entgegen.

Sein Oberkörper zeigt auch Spuren von alten Narben. Eine zieht meine Aufmerksamkeit besonders auf sich, ein langer Schnitt entlang seiner rechten Seite, die Narbe ist heller als seine restliche Haut.

Er hat blonde Härchen auf seinen sehnigen Unterarmen, und einen blond schimmernden Bartschatten auf seinem Gesicht. Es ist eckig und sehr maskulin, mit einem ausgeprägten Kiefer und hart definierten Wangenknochen.

Seine Haare sind kurz und hellblond. Und dann sind da noch seine Augen, diese bedrohlichen, eisblauen Augen, die so emotionslos auf mich gerichtet sind.

Jetzt wird mir schlagartig klar, was es ist, das mir an ihm solche Angst macht: Es ist die Kälte in seinen Augen.

Als würde dieser Mann keine Gefühle besitzen. Deshalb wirkt seine Ausstrahlung so bedrohlich, denn wer keine Gefühle besitzt, der kennt auch kein Mitgefühl.

*Er hat dir geholfen, Lilly. Er kann nicht gefühllos sein.*

Ich rede es mir immer wieder ein, aber ich kann nichts an der Furcht ändern, die seine Nähe in mir auslöst. Was ist das, mein Instinkt? Irgendetwas flüstert mir zu, dass dieser Mann tödlich ist, gnadenlos und unbarmherzig.

Ich dränge diese Gedanken beiseite und konzentriere mich auf seine Verletzungen.

„Die Verbrennungen müssen gekühlt werden.“ Ich sehe mich unnötiger Weise in der Zelle um. Was erwarte ich denn zu finden? „Leider habe ich nichts …“ Außer dem Wasser im Toilettentank, aber das ist zu unhygienisch, schließlich will ich ihm nicht auch noch eine Infektion verpassen.

„Die Blessuren heilen von selbst wieder ab, das braucht ein bisschen Zeit. Glauben Sie, dass die Rippen gebrochen sind?“

Er zuckt die Schultern. „Wahrscheinlich.“

Ich schlucke. Er markiert nicht bloß den starken Mann. Himmel, es scheint ihm tatsächlich gleichgültig zu sein.

„Ich kann aus Ihrem Hemd eine Bandage machen, um von außen Druck auf den Brustkorb auszuüben und die Rippen zu schützen“, sage ich leise. „Bei so ausgeprägter Muskulatur wie Ihrer ist die Wahrscheinlichkeit sehr gering, dass sich gebrochene Rippen verschieben, aber trotzdem …“

„Nicht notwendig.“ Er greift nach seinem Hemd und zieht es sich wieder über die Schultern. Nichts an seinen Bewegungen deutet darauf hin, dass er so übel zugerichtet worden ist.

Plötzlich ertönen Schritte vor unserer Zelle, dann wird die Tür entriegelt und zwei Männer werden von den Soldaten in die Zelle gestoßen.

Sie wirken grobschlächtig, ihre Kleidung ist heruntergekommen. Mit einem gehetzten Ausdruck blicken sie sich in der Zelle um.

Der blonde Mann ist augenblicklich auf den Beinen,

auch ich erhebe mich sofort.

Ein paar Sekunden lang stehen wir uns schweigend gegenüber, die Männer scheinen unsicher zu sein, wie sie sich uns gegenüber verhalten sollen. Sie beäugen den blonden Hünen herausfordernd, und die Blicke, die sie mir zuwerfen, drehen mir den Magen um.

Ich sehe ihnen an, was sie denken. Es sind rohe, primitive Gedanken, sie wollen ihn umbringen und mich ficken, ganz einfach. Ihre Absicht schreit so deutlich aus ihren Mienen, dass ich vor Angst hinter den blonden Mann zurückweiche.

Er ist meine einzige Hoffnung, aber kann ich darauf vertrauen, dass er mich beschützen wird? Warum sollte er das überhaupt tun?

Er sagt etwas zu ihnen auf Russisch, woraufhin sie ihm eine knappe Antwort geben. Ich halte den Atem an, ich weiß nicht, worum es geht, aber die Spannung zwischen den Männern ist auch ohne Worte spürbar.

Der blonde Mann erwidert etwas, seine Stimme klingt jetzt kälter. Einer der beiden Neuen antwortet ihm und deutet dann auf mich, sein Kumpan grinst schäbig.

Oh Gott. Mein Herz hämmert heftig. Verhandeln sie etwa gerade über mich? Wer von ihnen sich zuerst über mich hermachen darf? Ich balle die Fäuste, ich habe nichts, was ich als Waffe einsetzen könnte, gar nichts. Mein Atem geht so schnell, dass mir schwindlig wird.

Die Antwort des Hünen ist ein düsteres Knurren. Er scheint nicht damit einverstanden zu sein! Wird er mich verteidigen? Ich klammere mich an diese Hoffnung, doch dann, zu meinem Entsetzen, nickt er.

Mein Herz setzt aus. Er dreht sich zu mir um und streckt seine Hand nach mir aus, packt mich grob am Oberarm.

„Nein“, flüstere ich, meine Stimme nur ein ersticktes Wispern. Haben diese Männer mich etwa gerade unter sich aufgeteilt? Und der Blonde, der offensichtlich der Stärkste von ihnen ist, darf als Erster ran?

Bei der Vorstellung, was er mir antun könnte, schießen mir die Tränen in die Augen. Die Panik lässt mich erstarren, ich versuche nicht einmal, mich ihm zu entwinden, starre ihn nur mit weit aufgerissenen Augen an.

Gleich wird er mir die Kleider vom Leib reißen und mich hier vor den anderen beiden … doch plötzlich lässt mich der blonde Mann los, wirbelt herum und verpasst einem der Männer einen heftigen Hieb.

Er hatte sich von hinten an ihn herangeschlichen und offenbar vorgehabt, ihn hinterrücks niederzuschlagen, doch der Hüne ist ihm zuvorgekommen.

Mit unvorstellbarer Kraft schleudert er den Angreifer quer durch die Zelle, der Mann prallt gegen die Wand und bleibt auf dem Boden liegen.

Sein Kumpan geht auf den blonden Mann los, wirft sich mit einem Schrei und fliegenden Fäusten auf ihn. Ich weiche zurück, dränge mich in eine Ecke und beobachte panisch den brutalen Zweikampf.

Der Russe erwischt den Blonden an den Rippen, woraufhin sich der für einen Augenblick unter Schmerzen krümmt, und ich glaube schon, dass der Kampf entschieden ist … da wirft der Hüne sich auf seinen Angreifer, seine Schläge hämmern unbarmherzig auf den Mann ein, bis der zu Boden geht und sich schließlich nicht mehr rührt.

Keuchend richtet der blonde Mann sich auf und blickt auf seine besiegten Gegner hinunter.

Der Kerl, den er gegen die Wand geschleudert hat, liegt mit unnatürlich verkrümmtem Genick auf dem Boden. Seine Augen sind offen, aber sein Blick ist leer.

Auch sein Kumpan liegt reglos da, sein Gesicht verquollen und blutverschmiert. Sein Blut ist auf dem Boden verspritzt und rinnt ihm aus Mund und Nase, und – oh mein Gott, ist das etwa Gehirnmasse, die da aus seinem Schädel austritt?

Ich wage nicht zu atmen, drücke mich fester in die Ecke und wünsche mir, einfach verschwinden zu können, unsichtbar zu werden, damit mich der blonde Mann nicht mehr findet.

Langsam dreht er sich zu mir um, seine Fäuste sind noch geballt, die Knöchel blutig. Sein weißes Hemd ist über und über rot vom Blut seines Gegners. Mit seinen blonden Haaren und den hellen Augen sieht er aus wie ein nordischer Rachegott.

Ich senke den Blick, als er auf mich zukommt, und beginne zu beten.

# Kapitel 4

Er bleibt direkt vor mir stehen. Ich fühle die Aggression und die Gewaltbereitschaft, die von seinem Körper in Wellen ausströmt. Verbitterung mischt sich mit meiner Angst. Wenn er tatsächlich mit diesen Männern um mich gefeilscht hat, dann braucht er jetzt keine Rücksicht mehr auf sie zu nehmen.

Jetzt gehöre ich allein ihm.

Oh Gott, was ist mit dem Mann geschehen, der mich heute Morgen auf der Konferenz gerettet hat? Ich erkenne ihn in diesem Monster nicht wieder.

Was für eine Bestie tötet zwei Männer mit bloßen Händen?

Die Gefühlskälte in seinen Augen macht mir die größte Angst.

Er streckt seine Hand nach mir aus. Überwältigt von Panik schlage ich sie aus dem Weg, springe an ihm vorbei, es ist ein sinnloser Fluchtversuch. Warum lässt er es überhaupt zu? Ich weiche dem Russen mit dem zertrümmerten Schädel aus, will zur gegenüberliegenden Wand laufen, doch dort liegt der andere mit gebrochenem Genick … die Zelle ist voller Leichen.

Gelähmt von Grauen und Verzweiflung zögere ich, weiß nicht, was schlimmer ist, die Toten auf dem Boden oder der blonde Killer hinter mir.

Ich schreie erschrocken auf, als ich mit dem Rücken gegen etwas Hartes stoße, wirble herum und stehe ihm direkt gegenüber.

„Du kannst nicht weglaufen."

Ich stolpere rückwärts, bleibe mit dem Fuß an einer Leiche hängen, nur der reflexartige Griff des Hünen bewahrt mich vor dem Sturz. Er hält mich an den Oberarmen fest, es ist nicht schmerzhaft, aber ich drehe vor Angst durch.

Ich kämpfe gegen ihn an, versuche, mich aus seinen Händen zu winden, aber er ist viel zu stark. Ich beginne, nach ihm zu treten, wenn ich doch nur mein Knie zwischen seine Beine rammen könnte! Aber er hält mich auf Abstand, so dass ich nur sein Schienbein erwische. Ich trete mit aller Kraft dagegen, Schmerz schießt durch meinen Fuß, als hätte ich ihn gegen eine Betonwand gerammt. Der Hüne scheint meine Angriffe nicht einmal zu spüren.

Mit einem Knurren zieht er mich an sich, damit ich ihn nicht mehr treten kann. Ich kämpfe wie eine Wilde, trommle mit meinen Fäusten auf seinen harten Oberkörper ein, versuche ihn zu kratzen, meine Fingernägel graben sich in seine Haut und hinterlassen blutige Striemen auf seiner Brust.

Er packt meine Handgelenke, dreht sie schmerzhaft zur Seite und drängt mich zurück, bis er mich mit dem Rücken gegen die Wand drückt.

Sein mächtiger Körper zwängt mich ein, ich habe keine Chance, ihm auszuweichen. Er hält meine Handgelenke über meinem Kopf fest, sein Griff ist so stark, als hätte er mir Handschellen angelegt. Er presst sein Bein quer an meine Oberschenkel, damit ich ihn nicht wieder treten kann, und drängt mich mit seinem Becken gegen die Wand.

Sein Körper fühlt sich an, als wäre er aus Stahl. Wahrscheinlich könnte er meine Handgelenke in seiner Faust zermalmen, wenn er wollte. Die rohe Kraft, mit der er sein Becken gegen meins drückt … wenn er vorhat, mich gewaltsam zu nehmen, dann wird er mir verdammt wehtun.

Ich habe nicht die geringste Chance gegen ihn. Mir wird klar, dass ich ihm vorhin nur entkommen bin, weil er es mir erlaubt hat, dass meine Schläge und Tritte ihn nur getroffen haben, weil er es zugelassen hat.

Warum hat er das getan? Findet er meine Gegenwehr

vielleicht amüsant? Steht er etwa darauf, wenn eine Frau sich gegen ihn wehrt? Bei dem Gedanken wird mir schlecht.

Cameron hat manchmal mit mir über diese Art von Rollenspiel gesprochen, es hätte ihn angeturnt, seine körperliche Überlegenheit zu demonstrieren, indem er mich gewaltsam überwältigt, aber ich bin nie darauf eingestiegen.

„Macht Sie das an, ja?“, fauche ich und wehre mich immer noch gegen seinen Griff, obwohl ich weiß, dass es sinnlos ist. Wut steigt in mir hoch, Wut auf Cameron, auf diese ganze beschissene Situation, und auf diesen blonden Hünen, der meint, ich wäre sein Eigentum und er könnte über mich bestimmen. „Geht Ihnen einer ab, wenn Sie mir beweisen, dass Sie stärker sind als ich?“

„Hören Sie endlich auf damit, gegen mich zu kämpfen“, knurrt er, seine eisigen Augen immer noch ohne jede Regung.

„Ich werde bis zum letzten Atemzug gegen Sie kämpfen“, zische ich und bereue meine Worte schon im nächsten Moment. Dieser Mann hat gerade zwei Menschen umgebracht, ist es wirklich klug, ihn noch mehr zu reizen?

„Ich habe nicht vor, Ihnen wehzutun.“ Seine Stimme ist erstaunlich ruhig. Er scheint sich unter Kontrolle zu haben. War dieser Ausbruch an Gewalt, als er die beiden anderen Gefangenen umgebracht hat, etwa mehr als eine instinktive Reaktion?

Meine Kehle wird trocken, als mir klar wird, dass dieser Mann ganz genau weiß, was er tut, dass er die Situation kontrolliert und seinen Körper wie eine tödlich Waffe einzusetzen weiß.

Das war keine animalische Kurzschlussreaktion, mit der er diese Männer umgebracht hat. Das war eiskalt berechnet und durchgeführt, ohne eine Regung in diesen gefühlskalten Augen.

Er ist eine Killermaschine.

„Ich glaube Ihnen nicht“, flüstere ich. Mein ganzer Körper ist angespannt, aber ich höre auf, mich unter seinem Griff zu winden. Befreien kann ich mich ja doch nicht, aber vielleicht werde ich meine Kräfte später noch brauchen.

„Warum sollte ich Ihnen etwas antun?“

Ich starre ihn herausfordernd an. „Was haben Sie mit den beiden Kerlen besprochen? Es hat ganz danach geklungen, als ginge es um mich.“

„Sie wollten Sie vergewaltigen. Ich habe ihnen gesagt, dass ich sie nicht daran hindern werde, wenn ich Sie zuerst haben kann.“

Ich fühle, wie mir das Blut aus den Wangen weicht.

„Ich wusste, dass die beiden mich angreifen würden, sobald ich ihnen den Rücken zudrehe.“

„Ich glaube Ihnen kein Wort“, murmele ich.

„Die beiden waren Kriminelle, kamen direkt aus einem sibirischen Arbeitslager. Wahrscheinlich haben sie seit Jahren keine Frau mehr gehabt. Hätte ich sie gewähren lassen, hätten Sie sie dabei schwer verletzt, Lilly.“

Ich dränge mich weiter gegen die Wand, seine Worte machen mir Angst.

„Ich werde Sie jetzt loslassen, aber hören Sie auf, zu versuchen, gegen mich zu kämpfen.“ Sein harter Griff um meine Handgelenke lockert sich, ich ziehe vorsichtig meine Hände herunter und reibe mir über die schmerzhaften Druckstellen. Er nimmt auch sein Bein von meinen Oberschenkeln und der Druck seines Beckens gegen meinen Körper lässt nach. Er steht immer noch ganz dicht vor mir und beobachtet mich kontrollierend.

„Sie haben sie umgebracht“, murmele ich. *Dem einen Kerl das Genick gebrochen und dem anderen den Schädel zertrümmert* – doch das spreche ich nicht laut aus. Stattdessen schaue ich zur Seite, um nicht auf die Blutflecke auf seinem Hemd direkt vor meiner Nase starren zu müssen.

„Es war die einzige Möglichkeit.“

Bin ich schlimmer dran, diesem gefährlichen Killer ausgeliefert zu sein, als den beiden Kerlen aus dem Arbeitslager?

„Man hat diese beiden Männer nur aus einen Grund in diese Zelle gesperrt“, sagt er. „Damit sie sich an Ihnen vergreifen.“

Bevor ich mich zurückhalten kann, blicke ich ihn an, mit einer Mischung aus Fassungslosigkeit und Entsetzen. „Was sagen Sie da?“

„Ich kenne diese Methoden“, knurrt er. „Man will Informationen aus Ihnen herausholen, Lilly. Und eine vergewaltigte Frau ist leichter zu brechen.“

Ich stütze mich an der Wand ab, die Zelle beginnt, sich zu drehen.

„Die Folter hat bereits begonnen“, sagt er dunkel.

Plötzlich kommt mir ein schrecklicher Verdacht. Ich wage kaum, die Worte auszusprechen. „Ist das auch der Grund, warum … hat man Sie aus demselben Grund hier mit mir eingesperrt?“

Meine Stimme zittert. Erwarten die Soldaten von ihm, dass er über mich herfällt, damit sie danach leichteres Spiel mit mir haben?

Er nickt. „Nach meiner Folterung hat man mir nahegelegt, mich … mit Ihnen zu vergnügen. Und ich sollte dabei nicht zimperlich mit Ihnen umgehen.“

Ich senke den Blick und starre zu Boden. Meine Stimme ist so leise, dass ich sie selbst kaum höre. „Warum hat man dann auch noch die beiden anderen Männer hierher gebracht?“

„Vielleicht waren sie sich nicht sicher, ob ich es tun würde, oder ob meine Verletzungen zu schwer sind. Bei den beiden Kerlen hat es keinen Zweifel gegeben, dass sie Sie brutal missbrauchen würden, wenn sie dazu aufgefordert werden.“

Ich blinzele verbissen die Tränen zurück, während ich weiterhin auf den Boden starre. Meine Kehle ist so zugeschnürt, dass ich kaum noch Luft bekomme.

„Werden Sie … es tun?", wispere ich. „Das, was die Soldaten von Ihnen erwarten?"

Er schweigt. Die Stille in der Zelle ist erdrückend. Ich höre mein Blut in meinen Ohren rauschen.

„Nein", sagt er schließlich.

Trotzdem fällt die Anspannung nicht von mir ab. Seine furchteinflößende Nähe, und dass ich gerade erlebt habe, wie er zwei Männer umgebracht hat, würde schon ausreichen, um mir Angst zu machen. Aber da ich jetzt weiß, dass er nur hier ist, um mich so brutal wie möglich zu vergewaltigen - das ist mehr, als ich ertragen kann.

Meine Knie geben nach und ich sinke an der Wand zusammen. Er umfasst meine Schultern und lässt mich langsam zu Boden gleiten. Selbst im Sitzen ist er riesig, thront groß und breit über mir, seine kalten Augen unablässig auf mich gerichtet.

„Werden die Sie nicht wieder foltern, wenn Sie … es nicht tun?", flüstere ich, ohne ihn anzusehen.

„Wahrscheinlich."

Ich verschlinge meine Hände ineinander, damit er nicht sieht, wie sehr sie zittern.

„Warum …?", flüstere ich. Meine Stimme erstickt, bevor ich es schaffe, den Satz auszusprechen.

Er ist bereit, die Schmerzen der Folter zu ertragen, um mich zu schützen?

„Weil ich Ihnen niemals so etwas antun würde." Seine Stimme hat etwas Beruhigendes. Ich weiß nicht, ob ich ihm glauben soll, ob ich ihm vertrauen kann, mein Verstand ist einfach leer. Die Panik, die diese ganze Situation in mir ausgelöst hat, lähmt mich.

Er nähert sein Hand meinem Gesicht, ich scheue zurück, doch ich kann ihm nicht ausweichen. Behutsam fasst er meine Wange und hebt mein Kinn an, damit ich ihn ansehe. Seine Hand fühlt sich groß und rau an, an seinen Fingern klebt das getrocknete Blut seiner Gegner.

„Ich werde Ihnen niemals wehtun", sagt er leise. „Sie brauchen keine Angst vor mir zu haben." Dabei lässt er seinen Daumen sanft um ein kleines Muttermal auf meiner Wange kreisen. Die Berührung ist zärtlich und beruhigend, wie ein Versprechen, dass er die Wahrheit sagt.

Ich beginne zu weinen, Tränen kullern über meine Wangen. Er zieht mich an sich, ich wehre mich nicht, ich bin zu erschöpft und zu verängstigt, habe keine Kraft mehr, um gegen ihn zu kämpfen. Er lehnt sich an die Wand und bettet mich zwischen seinen Beinen an seiner Brust, seine Arme beschützend um mich geschlungen.

Ich schließe die Augen und wünsche mir nichts mehr, als endlich aus diesem Albtraum aufzuwachen. Seine große Hand liegt sanft an meinem Kopf, drückt mich gegen seine Brust und streicht über mein Haar.

Es fühlt sich nicht an wie die Berührung eines Mannes, der vorhat, sich brutal an mir zu vergehen.

Es fühlt sich beruhigend an.

Plötzlich empfinde ich seinen mächtigen Körper nicht mehr nur als Bedrohung. Seine breite, harte Brust, die muskulösen Arme, die mich umschließen … das alles könnte beschützend wirken, er könnte mir Sicherheit schenken.

Aber ich wage nicht, ihm zu vertrauen. Wer garantiert mir, dass er seine Meinung nicht ändert, wenn er die Folter wieder vor Augen hat?

Stundenlanger, grausamer Folterung zu entgehen, bloß indem man eine Frau fickt, hier unten in diesem Bunker, wo niemand jemals etwas davon erfahren würde … welcher Mann würde dazu schon Nein sagen?

„Waren Sie früher ein Paar?“, fragt er plötzlich leise. Ich habe den Verdacht, dass er mich auf andere Gedanken bringen will. „Sie und dieser Cameron?“

Ich nicke, meine Stimme klingt belegt. „Aber das ist vorbei.“

„Gut. Er ist ein Schwein.“

Ein winziges, schwaches Lächeln huscht über meine Lippen. Obwohl es nur einen Augenblick lang anhält, fühlt es sich gut an. „Meine beste Freundin würde Ihnen zustimmen."

„Warum haben Sie sich mit diesem Kerl eingelassen? Hat er Sie dazu gezwungen?"

„Nein. Das war meine eigene Blödheit." Ich zucke mit den Schultern. „Ich habe gedacht, er wäre anders."

Ich fasse es nicht. Sitze ich wirklich in den Armen dieses Killers und schütte ihm mein Herz über mein verkorkstes Liebesleben aus?

„Ich bin PR-Assistentin, ich hätte eigentlich gar nicht auf diese Konferenz fahren sollen." Ich erzähle ihm von Mikes gebrochenem Bein, und dass Cameron daraufhin mich an Mikes Stelle mitgenommen hat.

„Kann mir denken, warum er das getan hat", knurrt der blonde Hüne. „Seit ich gesehen habe, wie er im Seminarraum über Sie hergefallen ist …"

„Ich … habe mich noch gar nicht bei Ihnen bedankt", sage ich leise. Dabei richte ich mich in seinen Armen auf und sehe ihm ins Gesicht. Er betrachtet mich aufmerksam, diese eisige Kälte in seinen Augen hat fast schon etwas Vertrautes. „Dafür, dass Sie dazwischen gegangen sind und Cameron aufgehalten haben." Es fühlt sich seltsam an, mich bei ihm zu bedanken. Bin ich tatsächlich dabei, so etwas wie Vertrauen zu ihm aufzubauen?

„Ich kann Männer nicht ausstehen, die einer Frau Gewalt antun." Das düstere Knurren in seiner Stimme jagt mir eine Gänsehaut über den Rücken.

Mein Blick flackert zu den Leichen der beiden Männer. „Schwer zu übersehen", flüstere ich. Dann nehme ich meinen Mut zusammen. „Sie sind doch kein Programmierer. Warum waren Sie auf der Konferenz?"

Er erwidert nichts. Seine Finger streicheln gedankenverloren über meinen Oberarm und verursachen ein Kribbeln auf meiner Haut. Ist ihm bewusst, was er da tut?

Es fühlt sich … gut an.

Die Berührung ist sanft, vertrauenserweckend. Bis jetzt hat er wirklich noch keine Anstalten gemacht, mir wehzutun.

Ganz langsam beginne ich, zu hoffen.

„Sie haben wirklich nicht vor, über mich herzufallen, nicht wahr?“, flüstere ich.

Er sieht mich ernst an und schüttelt den Kopf. „Niemals.“

Ich presse meine Lippen aufeinander und wünsche mir inständig, dass er die Wahrheit sagt. Ich möchte ihm so gern glauben und ihm vertrauen.

„Wie heißen Sie?“

Wenn er mir schon nicht verraten will, was er wirklich auf der Konferenz zu suchen hatte, vielleicht verrät er mir dann wenigstens seinen Namen.

„Nennen Sie mich Draco.“

Es passt zu der zurückgehaltenen Stärke, die unter der Oberfläche brodelt, bis er ihre Tödlichkeit entfesselt - wie ein Drache, der in seiner Höhle lauert.

„Draco …“, flüstere ich. „Danke.“

Er legt seine Hand an meine Wange, streichelt sanft mit seinem Daumen über meine Haut. Nichts an seiner Berührung ist grob, es ist keine Aufforderung, nicht einmal eine Einladung. Ich beuge mich aus freien Stücken zu ihm, bis mein Gesicht ganz dicht vor seinem ist, und hauche einen scheuen Kuss auf seine Lippen.

Sie sind weich und warm, und seine Bartstoppeln kitzeln mich. Halb erwarte ich, dass er mich an sich reißt und beginnt, sich mir doch aufzuzwingen, aber nichts geschieht. Er rührt sich nicht, seine Arme halten mich genauso sanft wie vorher, er versucht auch nicht, mir einen weiteren Kuss aufzudrängen. Als ich mich von ihm weglehne, lässt er es zu, seine Umarmung lockert sich, so dass ich frei zwischen seinen Beinen sitze, seine Arme entspannt um meinen Körper gelegt.

Seine eisblauen Augen blicken jetzt nicht mehr emotionslos. Ein düsterer Ausdruck erscheint in ihnen, der mich verwirrt. Habe ich etwas falsch gemacht?

„Bald werden die Soldaten kommen“, sagt er ernst. „Sie

werden sehen, was hier geschehen ist." Er deutet auf die beiden Leichen. „Wahrscheinlich werden sie mich zuerst mitnehmen."

Meine Finger krallen sich unwillkürlich in sein Hemd. „Ich will nicht, dass sie dich meinetwegen foltern", flüstere ich, doch er schüttelt nur den Kopf.

„Hör mir zu. Du musst ihnen unbedingt alles sagen, was du weißt, hast du verstanden?" Er umfasst meine Wange mit seiner Hand, zärtlich und eindringlich. „Um die Informationen aus dir rauszuholen, werden die Soldaten nicht zögern, zu Ende zu bringen, was diese Männer dir hätten antun sollen."

Mein Inneres gefriert bei seinen Worten zu Eis.

„Ich werde nicht da sein, um dir zu helfen, wenn sie über dich herfallen", murmelt er. „Der einzige Weg, sie davon abzuhalten, ist, ihnen alles zu sagen, was sie wissen wollen."

Meine Augen füllen sich mit Tränen. Die Gefühle der Hoffnung und der Zuversicht, die ich noch vor einem Moment empfunden habe, sind verschwunden und kalter Verzweiflung gewichen.

„Aber ich weiß doch gar nichts! Wie oft soll ich das denn noch sagen?"

Er erwidert nichts, doch sein Blick spricht Bände.

„Sie werden dir nicht glauben", sagt er schließlich. „Sie werden dich so lange foltern, auf viele verschiedene Arten, bis du ihnen entweder die Informationen gibst oder tot bist."

Ich beginne am ganzen Körper zu zittern. Er zieht mich an sich, drückt mich an seine Brust, wo mir stumme Tränen über die Wangen laufen.

Nichts, nicht einmal Dracos mächtiger, starker Körper, der mich umfangen hält, kann mich jetzt noch retten.

# Kapitel 5

Stunden verstreichen, in denen ich schweigend in Dracos Armen sitze, an seine breite Brust gelehnt, und angespannt in die Stille lausche.

Sind das Schritte vor unserer Zelle? Kommen die Soldaten, um mich zu holen?

Draco hält mich wortlos an sich gedrückt, seine Hände streicheln sanft über meinen Rücken, aber er macht keine Annäherungsversuche, hat nicht einmal versucht, mich nochmal zu küssen.

Ob ich ihm nicht gefalle?

*Lilly, was denkst du da?!* Ich kann nicht glauben, dass mir dieser Gedanke tatsächlich durch den Kopf geschossen ist.

Ich sitze in einem russischen Militärgefängnis, mir droht Folter und Vergewaltigung – und ich frage mich, ob der tödliche Killer in meiner Zelle mich hübsch findet? Ich drehe wohl langsam durch. Das muss die Anspannung sein, der Stress und die Angst, darum funktioniert mein Verstand nicht mehr ganz richtig.

Außerdem spüre ich die Müdigkeit nach dem langen Flug, und Durst habe ich auch. In meinem Kopf hämmert und dröhnt es, weil ich so erschöpft und dehydriert bin.

Ich bewege mich ein wenig in Dracos Umarmung, um es mir auf dem kalten Boden gemütlicher zu machen. Dracos großer Körper ist warm, ich schmiege mich in seine Arme, um wenigstens nicht vor Kälte zu zittern. Er lässt es geschehen, es scheint ihm nichts auszumachen, mich zu wärmen. Mein Busen berührt seine Brust und seinen muskulösen Arm, ich stoße sanft gegen seinen Körper, als ich mich ein wenig drehe.

Und plötzlich spüre ich die Härte zwischen seinen Beinen, sie drückt gegen meine Seite.

Also lässt ihn meine Nähe doch nicht kalt? So viel zu

der Frage, ob ich ihm gefalle. Sein Körper reagiert offensichtlich eindeutig auf mich.

Ich erstarre. Obwohl ich ihn errege, hält er sich zurück. Er versucht nicht, sich mir aufzudrängen, er hält mich einfach in seinen Armen.

Cameron hätte sich schon längst auf mich gestürzt. Draco ist zehnmal der Mann, der Cameron gern wäre, ist ihm an Kraft, Stärke und Dominanz überlegen, und trotzdem berührt er mich nicht gegen meinen Willen. Nicht einmal, um sich selbst schmerzhafte Folter zu ersparen.

Draco bemerkt, dass ich plötzlich verkrampft stillhalte.

„Was ist los?“, fragt er leise.

„Nichts, ich …“ Ich weiche seinem Blick unbehaglich aus. Sein erigierter Penis presst sich gegen meinen Körper.

„Ich verstehe“, murmelt er. „Hast du Angst vor mir?“

„Du hast gesagt, du würdest mich nicht …“, flüstere ich. „Aber du bist …“

„Ein Mann.“

*Hart*, wollte ich eigentlich sagen, aber ich hätte das Wort ohnehin nicht über die Lippen gebracht.

„Und du bist eine verängstigte Frau, die in meinen Armen Schutz sucht. Ich bin doch nicht aus Stein“, murmelt er. Für einen Moment erscheint ein Ausdruck des Begehrens auf seinem Gesicht. „Dass ich dich will, bedeutet nicht, dass ich dich zwingen werde.“

Seine direkten Worte machen mich nervös.

„Draco …“

Wir werden unterbrochen, als plötzlich Schritte vor der Zelle ertönen und die Tür aufgestoßen wird. Hastig kommen Draco und ich auf die Beine, als drei Soldaten in die Zelle treten.

Ihre Blicke schießen von den beiden Toten zu Draco, dann zu mir.

Was geht in ihren Köpfen vor? Es ist offensichtlich, dass Draco die beiden getötet hat. Fragen sich die Soldaten, ob die beiden sich vorher über mich hergemacht haben? Oder ob sich Draco an mir vergangen hat?

Ich bin verängstigt, das fällt ihnen bestimmt auf, aber es gibt keine Spuren von Misshandlungen an meinem Körper. Sie werden wissen, dass Draco die beiden Männer getötet hat, bevor sie mir etwas antun konnten, und dass auch er mich nicht angerührt hat.

Werden sie mich jetzt gleich mitnehmen? Zitternd weiche ich zurück, als einer der Soldaten etwas auf Russisch zu Draco sagt.

Daraufhin strafft der die Schultern, tritt an mir vorbei und lässt sich von den Soldaten aus der Zelle führen. Er hat mich nicht einmal angesehen, ist ohne ein Wort gegangen. Ich dränge mich gegen die Zellenwand in der Erwartung, dass die Soldaten auch mich mitnehmen werden, aber die Männer schleifen nur die beiden Leichen aus der Zelle und schließen mich wieder ein.

Ich höre, wie sich ihre Schritte draußen entfernen, dann bin ich ganz allein.

Ich sinke auf den Boden, dort, wo Draco eben noch gesessen ist, und schlinge meine Arme um meine Knie, mache mich so klein wie möglich.

Verzweiflung treibt mir die Tränen in die Augen. Draco ist nicht mehr da, um mich zu beschützen. Weiß Gott, was sie ihm antun werden, weil er mich verschont hat.

Was, wenn sie andere Gefangene in meine Zelle schicken? Mein Magen rebelliert, ich muss mich übergeben. Oder wenn mich die Soldaten holen, um mich zu verhören?

Draco hat gesagt, ich soll ihnen sagen, was ich weiß, oder sie werden nicht aufhören, mich zu quälen. Wie besessen schaukele ich hin und her, so als könnte mich die Bewegung beruhigen, aber mein Puls rast.

Was soll ich ihnen verraten, wenn ich doch nichts weiß, verdammt noch mal?

Ob ich etwas erfinden soll?

Das ist unmöglich, was weiß ich denn schon über Waffennavigationssoftware und antirussische Rebellen?

Die Soldaten würden jede Lüge sofort durchschauen, es würde sie noch wütender machen und was sie dann mit mir tun würden, daran wage ich nicht einmal zu denken.

Mir bleibt nichts anderes übrig als auf die Stahltür meiner Zelle zu starren und zu warten.

Da man mir meine Uhr abgenommen hat, zusammen mit allen anderen persönlichen Gegenständen, habe ich keine Ahnung, wie lange ich schon in dieser verdammten Zelle eingesperrt bin. Es gibt keine Fenster, ich weiß nicht, ob es Tag oder Nacht ist, und der Jetlag ist auch nicht gerade hilfreich.

Das Durstgefühl bringt mich um. Mein Kopf fühlt sich dumpf an, ich glaube, es ist die Mischung aus Schlafmangel, Durst und dem Stress des ständigen Angstgefühls.

Als ich Schritte vor der Zelle höre, bin ich jedoch sofort wieder hellwach. Mein Herz beginnt, zu rasen, als die Tür aufgeschlossen wird.

Bringen sie Draco zurück? Oder neue Gefangene, die über mich herfallen werden?

Ich springe so hastig auf die Beine, dass ich beinahe stolpere. Zwei Soldaten erscheinen in der Tür, sie sind allein. Keine neuen Gefangenen, kein Draco.

Oh mein Gott, jetzt ist es also so weit. Sie werden mich mitnehmen, um mich zu verhören.

Die Soldaten kommen herein, ich versuche, mich zu wehren, trete nach den Männern, doch ich habe keine Chance. Sie reißen mir die Kleider vom Leib, meine Bluse und den Rock, bis ich nur noch in Unterwäsche von ihnen stehe. Ich zittere am ganzen Körper, werden sie gleich hier in der Zelle über mich herfallen? Innerhalb weniger Sekunden sind meine Hände auf dem Rücken gefesselt und man hat mir die Augen verbunden.

Sie ziehen mich aus der Zelle, ich stolpere blind neben ihnen her durch endlose Gänge, bis sie mich in einen Raum stoßen. Wir sind keine Treppen hinaufgestiegen, deswegen nehme ich an, dass wir uns immer noch im Bunker unter der Erde befinden. Ich werde unsanft auf einen Stuhl gedrückt, es ist ein harter Metallstuhl, meine Hände werden an die Armlehnen gefesselt, aber die Augenbinde wird mir nicht abgenommen.

Die beiden Soldaten verlassen den Raum, ich höre, wie sie die Tür hinter sich zuknallen. Verkrampft sitze ich auf dem Stuhl und lausche. Ich glaube, ich bin allein in diesem Raum. Ist es ein Verhörraum? Oder eine Folterkammer?

Macht das hier unten einen Unterschied?

Ich denke an Dracos Verletzungen, die Verbrennungswunden und die Prellungen durch die Schläge.

Werden sie mich wirklich vergewaltigen? Was werden sie noch tun, wenn ich ihnen nicht die Informationen liefern kann, die sie erwarten?

Ich schrecke zusammen, als die Tür aufgeht und jemand hereinkommt. Den Schritten nach zu urteilen ist es ein einzelner Mann.

Er reißt mir grob die Augenbinde vom Gesicht. Ich blinzele ins grelle Neonlicht. Eine große Gestalt steht vor mir, ein fremder Soldat in russischer Uniform. Wir befinden uns in einem Raum, der nicht größer ist als meine Zelle, ebenfalls ohne Fenster, mit nur einer Tür. Ich sehe eine großen, leeren Metalltisch, Ketten, die von der Decke hängen, sowie einen kleinen Tisch mit Messern und Zangen, und in einer Ecke lehnen mehrere Metallstangen.

Mein Atem geht schnell und flach, mein Puls rast.

„Bitte“, flüstere ich und starre den Soldaten an. „Bitte, tun Sie mir nichts! Bitte, ich weiß doch gar nichts, wirklich, Sie müssen mir glauben!“

Versteht der Mann mich überhaupt? Sie werden doch keinen Soldaten geschickt haben, um mich zu verhören, der nur Russisch spricht, oder?

Es sei denn, er soll mich gar nicht verhören. Das begreife ich, ehe der Mann mit der Hand ausgeholt hat.

Der Soldat schlägt mir ins Gesicht. Ohne Vorwarnung,

er schlägt einfach zu. Mein Kopf wird zur Seite geschleudert, ich schluchze vor Schreck und vor Schmerz.

Dann macht er sich an seinem Gürtel zu schaffen und öffnet seine Hose.

Ich schreie und flehe, doch er drängt sich brutal zwischen meine Beine, will mich direkt auf dem Stuhl vergewaltigen. Ich kämpfe mit aller Kraft gegen die Fesseln an, die mich an den Stuhl binden, zapple und trete wie von Sinnen um mich, doch er hält mit grober Gewalt meine Beine fest. Gerade als er seinen steifen Schwanz zwischen meine Schenkel schieben will, wird die Tür ein weiteres Mal aufgestoßen.

Eine harsche Männerstimme bellt einen Befehl auf Russisch, und der Soldat zieht sich augenblicklich von mir zurück. Hastig stopft er seinen Schwanz wieder in die Hose, salutiert vor dem Offizier und verschwindet aus dem Raum.

Zitternd und verkrampft hänge ich an den Handfesseln, versuche vergeblich, mich herauszuwinden. Ich traue mich kaum, den Kopf zu heben und den Offizier anzusehen, der ohne Zweifel gekommen ist, um mein Verhör fortzusetzen. Was bedeutet, dass er meine Folter fortsetzen wird.

„Lilly."

Die Stimme schießt durch meinen Körper wie ein Stromstoß. Ich reiße den Kopf hoch, es ist Draco, der vor mir steht! Er trägt die Uniform eines russischen Offiziers, wie ist das möglich?

Vor Erleichterung steigen mir Tränen in die Augen. Draco geht zum Tisch mit den Folterinstrumenten, holt eine Zange und lehnt sich dann vor mir gegen den Tisch. Als sich seine Hand mit der Zange meinem Körper nähert, scheue ich angsterfüllt zurück.

„Ruhig." Mit einem schnellen Ruck durchtrennt er die Kabelbinder, die meine Handgelenke an die Armlehnen fesseln. Dann legte er die Zange neben sich auf den Tisch.

„Draco", flüstere ich verwirrt. „Was … wie …? Ich

dachte, sie würden dich foltern! Wieso … trägst du eine Uniform?"

„Weil ich Offizier bin."

Ich blinzele ihn verständnislos an. „Aber … deine eigenen Leute haben dich gefangengenommen und gefoltert?"

„Lilly, es ist kompliziert. Meine Aufgabe war es, verdeckt an der Konferenz teilzunehmen und Cameron nicht aus den Augen zu lassen, bis der Zugriff erfolgt ist. Wir mussten sichergehen, dass er nicht Wind von der Sache bekommt und versucht, zu fliehen."

Seine Worte sickern langsam in meinen Verstand.

„Wir wollten nur ihn, es war nie geplant, dich ebenfalls zu entführen. Wenn Cameron sein Maul nicht so weit aufgerissen hätte, dann wäre es anders gelaufen und du wärst jetzt nicht hier." Seine Stimme wird dunkler. „Als ich meine Deckung auffliegen ließ, um meinen Führungsoffizier davon zu überzeugen, dich nicht mitzunehmen, haben alle gedacht, ich arbeite für die Gegenseite. Sie haben gedacht, dass du über besonders wertvolle Informationen verfügen musst, weil ich versucht habe, dich zu beschützen. Deshalb haben sie mich ebenfalls eingesperrt und gefoltert."

„Wie hast du sie davon überzeugt, dass du kein Verräter bist?"

„Das ist unwichtig, Lilly. Viel wichtiger ist, dass mein Führungsoffizier immer noch davon überzeugt ist, dass du über wichtige Informationen verfügst."

„Was? Aber das ist nicht wahr! Ich bin doch bloß PR-Assistentin."

„Das weiß er nicht, und es ist ihm egal. Du bist mit Cameron hier, sie halten dich für Camerons Gespielin, sie sind überzeugt davon, dass du etwas über Camerons Geschäfte mit den Rebellen weißt. Sie denken, wenn du es nicht in seinem Büro erfahren hast, dann in seinem Bett."

Das verschlägt mir die Sprache. Cameron hat niemals mit mir über irgendwelche Waffengeschäfte gesprochen, ganz zu schweigen von antirussischen Rebellen.

„Kannst du ihnen nicht sagen, dass ich nichts weiß?“, flehe ich leise. „Bitte, Draco, ich schwöre, ich sage die Wahrheit!“

Seine Stimme wird noch dunkler, seine eisblauen Augen sind ausdruckslos auf mich gerichtet. Ich kann nicht erraten, was in ihm vorgeht.

„Das ist das Problem, Lilly. Sie werden auch mir nicht glauben. Sie sind immer noch misstrauisch, weil ich dich beschützt habe, und sie sind überzeugt davon, dass du über Informationen verfügst. Um meine Loyalität zu prüfen, haben sie mir die Aufgabe übertragen, diese Informationen aus dir herauszuholen.“ Er atmet tief durch, sein eisiger Blick unablässig auf mich gerichtet. Bebend drücke ich mich in den Stuhl, meine Hände verkrampfen sich um die Lehnen.

„Was ist mit dem Mann geschehen, der in der Zelle geschworen hat, dass er mir niemals wehtun würde?“, flüstere ich kaum hörbar.

„Zwing mich nicht dazu, mein Wort zu brechen. Sag mir einfach, was du weißt, und alles ist vorbei.“

*Und alles ist vorbei?*

Mein Herz hämmert gegen meinen Brustkorb.

Sie haben vor, mich umzubringen. Sie werden mich so lange foltern – *Draco* wird mich so lange foltern, bis er sicher ist, dass ich wirklich nichts weiß, und dann wird er mich umbringen.

Habe ich wirklich geglaubt, sie würden mich laufenlassen? Das russische Militär entführt und foltert zwei amerikanische Staatsbürger, und lässt sie dann laufen?

Wohl eher nicht. Ich schlucke trocken. Wahrscheinlich wird niemand je erfahren, was mit Cameron und mir geschehen ist.

Die kalten Metallstäbe des Stuhls drücken gegen meine bloße Haut, ich rutsche unruhig darauf herum. Draco sieht in der Offiziersuniform zum Fürchten aus, und sein eiskalter Blick macht seine Nähe noch beängstigender. Nur in Unterwäsche vor ihm zu sitzen, hier in diesem Verhörraum … niemals habe ich mich jemandem so ausgeliefert gefühlt.

Ich darf nicht aufgeben, ich muss irgendetwas tun. Mein Blick huscht durch die Zelle auf der Suche nach einer Waffe, nach irgendetwas, das ich zu meiner Verteidigung verwenden kann. Ich will mich gegen den riesigen Draco verteidigen? Das ist lächerlich, ich weiß, dass ich keine Chance gegen ihn habe, aber ich muss es trotzdem versuchen. Mein Blick bleibt an der Zange hängen, die neben Dracos Oberschenkel auf dem Tisch liegt.

Er greift sofort danach, als er meinen Blick bemerkt, und steckt sie in seinen Gürtel. „Denk nicht einmal daran."

„Es gibt nichts, was ich dir verraten könnte", flüstere ich. „Egal, wie sehr du mich folterst."

„Das werden wir sehen."

Oh Gott, ist das wirklich derselbe Mann, dem ich in der Zelle mein Vertrauen geschenkt habe? Den ich *geküsst* habe?

Ich sehe ängstlich zu den schrecklichen Werkzeugen hinüber, die auf dem kleinen Tisch aufgereiht liegen und nur darauf warten, mir grässliche Schmerzen zuzufügen.

„Mein Körper ist nicht so stark wie deiner", sage ich leise. „Ich werde diese Misshandlungen nicht überleben." Die Eisenstangen lehnen drohend in der Ecke. Ein Schlag mit einer von ihnen würde meinen Körper zerschmettern.

„Wer sagt, dass ich diese Werkzeuge dazu verwenden werde?" Seine Stimme klingt ruhig, aber bedrohlich. „Es gibt andere Methoden, dich zum Reden zu bringen."

Oh, ich weiß, welche *Methoden* er meint. „So wie das, was der Soldat vorhin mit mir tun wollte? Warum hast du ihn dann aufgehalten?" Ich funkele ihn an, es ist die reine Verzweiflung, die mich so reden lässt.

„Weil ich es bin, der diese Informationen aus dir rausholen wird, und niemand anderer. Es ist die einzige Möglichkeit, mich zu rehabilitieren."

„Das ist der Deal gewesen." Jetzt begreife ich endlich

die volle Tragweite. „Sie haben dich freigelassen und dir deinen Posten zurückgegeben, unter der Bedingung, die Wahrheit aus mir herauszuholen?"

„Ich muss beweisen, dass ich nicht auf eurer Seite stehe. Also, sollen wir es auf die sanfte oder auf die harte Tour machen?"

Da ist keine Regung in seinen Augen, nichts, was darauf hinweist, dass es ihm schwerfällt, diese Worte zu sagen. Kann er seine Gefühle wirklich so vollkommen abschalten? Kann er mich in einem Moment vor anderen Männern beschützen, nur um mir im nächsten Moment selbst die schrecklichsten Dinge anzutun?

Allerdings geht es hier um seine eigene Haut, um sein eigenes Überleben. Ich habe keine Ahnung, was die russische Armee mit Verrätern macht, aber ich bin mir sicher, dass Draco es nicht herausfinden will.

Er oder ich, darauf läuft es hinaus.

Oh Gott. Er wird mich so lange quälen, bis ich tot bin.

Unvermittelt steht er auf, ich zucke zusammen. Er packt mich am Arm und zieht mich auf die Beine.

„Ich werde dir etwas Zeit geben, um darüber nachzudenken, was ich dir gerade gesagt habe", sagt er und zerrt mich zur Tür. Mit der Faust schlägt er dagegen, sie wird von draußen geöffnet, ein Soldat tritt beiseite und lässt uns passieren. „Vielleicht müssen wir es dann nicht so weit kommen lassen, Lilly."

Ich stolpere an seiner Seite durch die leeren Gänge des unterirdischen Bunkers. Sie sind schmal und niedrig, und mit Neonröhren beleuchtet. Mein ganzer Körper fühlt sich taub an, mein Kopf dröhnt vom Schlag des Soldaten. Draco bringt mich in die Zelle und schließt mich wortlos darin ein.

Ich sinke auf den Boden, rolle mich zusammen und beginne, lautlos zu weinen.

# Kapitel 6

Als die Tür wieder aufgeschlossen wird und sie kommen, um mich zu holen, bin ich so erschöpft, dass ich nicht einmal aufstehe. Ich lasse mich von den Soldaten auf die Beine zerren, sie verbinden mir wieder die Augen, schleifen mich aus der Zelle und durch die Gänge.

Während ich neben ihnen herstolpere, höre ich plötzlich einen markerschütternden Schrei aus einem der Räume, dann ein Winseln und ein panikerfülltes Flehen.

„Nein! Bitte nicht! *Neeein!*"

Angst schießt wie eine Stichflamme in mir hoch. Das ist Camerons Stimme! Er ist hier irgendwo, und er klingt, als ob er um sein Leben fleht.

Die Soldaten schleifen mich weiter, ohne auf Camerons Schreie zu achten. Sie bringen mich in einen Raum, und als die Tür hinter ihnen zufällt, werden Camerons Schreie erstickt. Dieser Raum scheint schallisoliert zu sein, was man von Camerons Folterkammer nicht behaupten kann.

Warum bringt man mich in eine schallisolierte Kammer? Was will Draco mir antun, was noch schrecklicher ist als das, was sie offenbar gerade mit Cameron machen?

Ich sollte wahrscheinlich Mitleid mit Cam empfinden, doch ich habe so viel Angst um mich selbst, dass ich keine Energie dafür aufbringen kann, über dieses Arschloch nachzudenken. Schließlich ist das alles nur seine Schuld, nur seinetwegen bin ich in dieser verdammt, verdammt beschissenen Lage!

Die Soldaten fesseln meine Hände über meinem Kopf an der Decke, so dass ich in gestreckter Haltung im Raum stehen muss, dann höre ich sie hinausgehen. Als sie die Tür öffnen, dringen wieder Camerons Schreie an mein Ohr, dann schließt sich die Tür und alles ist still.

Ich habe keine Ahnung, ob ich mich im selben Raum befinde wie vor ein paar Stunden. Verdammte Augenbinde! Bin ich allein? Ich höre nichts, kein Geräusch um mich herum, wahrscheinlich ist niemand hier. Ich ziehe und zerre an den Ketten, bis die Metallkanten in meine Haut schneiden, doch es ist hoffnungslos.

Mir ist kalt, und nur mit meiner Unterwäsche bekleidet fühle ich mich schrecklich verletzlich. Erst als sich die Tür wieder öffnet, höre ich auf, gegen meine Ketten zu kämpfen. Verkrampft lausche ich auf die Schritte.

„Sollen wir beginnen, Lilly?" Es ist Dracos tiefe Stimme, so bedrohlich, dass ich zusammenzucke, als hätte er mich geschlagen.

Er schließt die Tür und ich höre, wie er auf mich zukommt.

Dann steht er neben mir, ich spüre seine dominante Präsenz, mein Puls rast.

„Hast du über meine Worte nachgedacht? Gibt es etwas, das du mir sagen möchtest?"

„Bitte, Draco … bitte … ich weiß doch nichts!"

„Das ist schade. Dann lässt du mir keine andere Wahl."

Mein Herz hämmert so heftig, das es schmerzt. Gleich wird Draco mit der Folter beginnen, gleich wird er mir verdammt wehtun. Ob ich auch so schreien werde wie Cameron?

Ich erwarte einen Schlag, einen Schnitt oder einen Stich, mein Körper verkrampft sich, mein Atem geht flach und viel zu schnell.

Oder wird er meine Schenkel spreizen und mich gewaltsam nehmen, so wie der Soldat es tun wollte?

Ich spüre, wie Draco um mich herumgeht und hinter mir stehen bleibt. Er steht ganz dicht an meinem Körper, ich fühle seinen Atem in meinem Nacken.

„Bitte", flüstere ich verzweifelt, ein letztes Mal. „Bitte nicht …"

Als er seine Hand an meine Hüfte legt, zucke ich vor Schreck zusammen.

Dann spüre ich plötzlich seine Lippen auf meinem Nacken.

*Es ist ein Kuss.*

Ich erstarre. Was soll das? Ist das irgendeine kranke Foltermethode, um mich in Sicherheit zu wiegen und mich danach erst recht zu quälen?

Ganz langsam geht er um mich herum und bleibt vor mir stehen. „Du wirst gleich anfangen, zu reden, Lilly“, sagt er mit bedrohlicher Stimme. „Das tun sie alle.“

Dabei umfasst er mein Gesicht mit seiner Hand und streichelt mit dem Daumen über das Muttermal auf meiner Wange, so, wie er es in der Zelle getan hat, als er mir versichert hat, dass ich ihn nicht zu fürchten brauche und dass er mir niemals wehtun wird.

Was für ein elender Lügner!

Er steht schweigend vor mir, sein Daumen kreist weiterhin sanft an meiner Wange.

Und dann kommt mir ein völlig verrückter Gedanke.

Könnte das eine stumme Botschaft sein? Versucht Draco mir verständlich zu machen, dass ich keine Angst zu haben brauche?

Warum tut er dann so bedrohlich? Sind vielleicht doch andere im Raum, oder gibt es Kameras? Nein, dann hätten man ja gesehen, wie er meinen Nacken küsst und meine Wange streichelt. Wenn ich doch bloß nicht diese blöde Augenbinde tragen würde!

Aber vielleicht gibt es Sprachaufnahmen? Könnte das sein? Wird der Raum abgehört, muss es deshalb so klingen, als würde er mich quälen?

*Oh Gott, Lilly, du leidest unter Wahnvorstellungen. Die Angst hat dich um den Verstand gebracht. Gleich wird dieser Mann dir mehr Schmerzen zufügen, als du dir vorstellen kannst.*

Dracos Hand berührt sanft meinen Bauch. Ich zucke zurück, doch die Fesseln lassen mir keinen Bewegungsspielraum. Seine Hand ist warm, er lässt sie einfach auf meiner Haut ruhen.

„Was machst -?“, flüstere ich kaum hörbar, doch da

hält er mir die Hand vor den Mund. Erst als ich verstumme, nimmt er sie langsam wieder weg.

„Du redest, wenn ich es sage!“, knurrt er.

Ich schweige, verunsichert und völlig verwirrt. Fürchtet er, dass ich ihn verrate?

Seine Hand streichelt langsam über meinen Bauch. Seine Finger gleiten über meine Taille, meinen Rücken hinauf und langsam an meinen Seiten wieder hinunter. Er lässt sich sehr viel Zeit, lässt seine Fingerspitzen jeden Zentimeter meiner Haut erkunden.

Unter seiner geduldigen, sanften Berührung wird mein Atem gleichmäßiger. Ich bin zwar noch immer verkrampft, aber wenigstens habe ich nicht mehr das Gefühl, gleich einen Herzinfarkt zu bekommen.

Ich fühle Dracos unmittelbare Nähe, seinen großen Körper dicht neben mir, während seine Hände zärtlich über meine Haut gleiten. Er streicht an der Innenseite meiner Oberarme entlang, es kitzelt und ich bekomme eine Gänsehaut. Seine Finger gleiten über meine Unterarme bis hinauf zu meinen gefesselten Händen, dann lässt er sie wieder hinunter wandern und streicht über meine Seiten. Fast nackt und gefesselt bin ich ihm ausgeliefert, und als er seitlich an meinem Brustkorb entlangstreicht fühle ich mich so verletzlich wie nie zuvor. Seine Berührung jagt mir einen Schauer über den Körper, aber es ist ein angenehmer Schauer. Trotz dieser bedrohlichen, schrecklichen Situation, in der ich mich befinde, fühlt sich seine Berührung *gut* an. Unfassbar. Ich muss verrückt sein.

Jede Sekunde, in der ich keinen Schmerz verspüre, ist kostbar. Ich ringe mit mir, weiß nicht, ob ich mir gestatten soll, seine Berührungen zu genießen, ob ich ihm wirklich vertrauen kann … plötzlich fühle ich seine Lippen auf der Innenseite meiner Oberarme.

Er küsst mich zärtlich entlang meines Arms bis zum Schlüsselbein, während er mich weiter streichelt. Es scheint eine süße Ewigkeit zu dauern, als hätte er alle Zeit der Welt.

Dann wandern seine Hände langsam über meinen Brustkorb nach oben, bis sie den Rand meines BHs erreichen.

Er umfasst meine Brüste sanft, lässt behutsam seine Daumen über meine Rundungen kreisen. Ganz langsam arbeitet er sich vor, bis seine Daumen meine Nippel erreichen. Ich fühle, wie sie sich unter seiner Berührung aufrichten.

Er beugt sich vor und küsst meine Brüste durch den dünnen Satinstoff meines BHs, umfasst meine harten Nippel mit seinen Lippen und zupft sanft daran, lässt seine Zunge darum kreisen, bis der Stoff völlig durchnässt ist und sich eng an meine Nippel schmiegt. Durch den feuchten Stoff hindurch spüre ich die Berührung seiner Zunge so intensiv, als würde sie direkt auf meiner Haut spielen.

Seine Hände gleiten hinunter zu meiner Taille, zu meinen Hüften, seine Finger streichen sanft über die Linie meiner Beckenknochen. Wie groß seine Hände sind! Sie könnten mein Becken packen und problemlos kontrollieren. Doch seine Finger streichen weiter nach unten, gleiten über meine Oberschenkel und streicheln an den Innenseiten nach oben. Er berührt mich zärtlich, langsam, seine kräftigen Hände sind keinen Moment lang grob zu mir.

Es fühlt sich so gut an, dass ich meine Beine ein wenig spreize. Dracos Hand gleitet nach oben, bis er mich sanft zwischen den Beinen berührt.

Ich höre ihn neben mir atmen, ich glaube, es turnt ihn an.

Er tastet sich vorsichtig vor, seine Fingerspitzen berühren meine Scham durch den Slip hindurch, leicht wie Schmetterlingsflügel. Er spielt mit mir und reizt mich, bis ich beginne, mich in den Fesseln zu winden.

Plötzlich zieht er meinen Kopf zu sich heran, seine Bartstoppel kratzen über mein Gesicht, seine Lippen pressen sich auf mein Ohr und er raunt kaum hörbar:

„Schrei vor Schmerz."

Verwirrt zögere ich, so unsanft von den Wellen der Lust, auf die Dracos Berührungen mich getragen haben, zurückgeholt, weiß nicht, was er damit meint … Dann begreife ich plötzlich.

Wir werden tatsächlich abgehört.

Er ist angeblich dabei, mich zu foltern, es muss sich echt anhören.

*„Neeein!"*, schreie ich. Dann lasse ich ein schrilles Schmerzgebrüll los.

Draco scheint zufrieden zu sein, seine Belohnung für mich ist das Spiel seiner Zunge um meine Brustwarze. Ich keuche vor Überraschung und Erregung auf, doch das würde auch als Schmerzlaut durchgehen.

Dann wandert Dracos Hand wieder zwischen meine Beine. Er massiert mich durch den Slip, ich fühle, dass ich immer feuchter werde, doch Draco lässt sich Zeit. Erst als ich meine Scham gegen seine Hand dränge, nach mehr verlange, schiebt er meinen Slip zur Seite und streichelt mit seinen Fingern über meine Klitoris. Es fühlt sich fantastisch an! Ich bewege mein Becken, reibe mich an seiner Hand, bis er plötzlich meinen Hintern packt und mich an sich drückt, ohne dass seine Finger ihr süßes Spiel unterbrechen. Jetzt kann ich mich nicht mehr bewegen, sein muskulöser Arm hält mich an seinen Körper gepresst, während seine Finger weiterhin zärtlich über meine Scham streicheln.

Vorsichtig schiebt er einen Finger in mich hinein. Ich halte die Luft an, das Pochen zwischen meinen Beinen ist eine herrliche Qual. Langsam zieht er ihn wieder zurück, lässt ihn an meinen Schamlippen kreisen, schiebt ihn wieder hinein, jedes Mal ein bisschen tiefer, neckt mich, bis ich glaube, den Verstand zu verlieren.

Ich stöhne lautlos, als ich seinen Finger ganz in mir spüre, Draco krümmt ihn und reizt mich immer weiter, zärtlich und erbarmungslos. Ich spüre, wie sich die Spannung in mir aufbaut, sich steigert, bis ich es nicht mehr aushalte und die Energie sich plötzlich entlädt, und meine Muskeln sich um Dracos Finger schließen.

Ich sinke ermattet gegen seinen Körper, er zieht sich aus mir zurück und streichelt sanft über meinen Rücken. Während die Wogen meines Orgasmus langsam abebben, kommt die Erinnerung daran wieder zurück, wo ich mich befinde und was gerade geschehen ist.

„Genug für dieses Mal." Dracos Stimme klingt genauso bedrohlich wie immer. Ich würde vor Angst zusammenzucken, würde er mich nicht genau in diesem Moment voller Zärtlichkeit im Arm halten.

Dann löst er sich von mir, ich höre, wie er zur Tür geht und mit der Faust dagegen schlägt. Augenblicklich kommen zwei Wachen herein, sie müssen direkt vor der Tür gewartet haben.

Draco gibt ihnen auf Russisch einen Befehl, woraufhin sie meine Fesseln lösen und mich fortschleifen.

Immer noch im Taumel der Glücksgefühle, die Draco in mir ausgelöst hat, und gleichzeitig vollkommen verwirrt, stolpere ich neben den Soldaten her. Ich werde zurück in meine Zelle gebracht, wo man mir die Augenbinde abnimmt, bevor ich eingesperrt werde.

Blinzelnd sehe ich mich um. Ich bin allein. Hastig schlüpfe ich in meine Bluse und den Rock, es ist verdammt kalt.

Mein Höschen ist so feucht, dass es den Soldaten bestimmt aufgefallen ist. Wahrscheinlich malen sie sich die schlimmsten Dinge aus, die ihr Offizier mit mir in der schalldichten Kammer getan hat.

Unruhig wandere ich in der Zelle auf und ab.

Was hat das alles bloß zu bedeuten? Draco soll mich foltern, stattdessen streichelt er mich zärtlich und bringt mich zum Orgasmus?

Was wird er seinen Vorgesetzten auftischen, die von ihm erwarten, dass er Informationen aus mir herausholt?

# Kapitel 7

Das Pochen zwischen meinen Beinen wird stärker, jedes Mal wenn ich an Dracos Berührungen denke. Mein gesamter Körper summt, sehnt sich nach seinen kräftigen Händen, will von ihm liebkost und gestreichelt werden.

Was hat er nur mit mir gemacht?

Ich bin so verwirrt, dass ich keinen klaren Gedanken fassen kann. Es ist, als wäre er zwei verschiedene Männer: Der Beschützer, der mich zärtlich berührt … und der Killer, der feindliche Offizier, der mich zu Tode foltern soll.

*Lilly, was denkst du da nur?!*

Das muss an der Angst und dem schreckliche Durst liegen. Statt von Dracos Zärtlichkeiten zu schwärmen, sollte ich mir lieber den Kopf darüber zerbrechen, wie ich aus dieser lebensgefährlichen Situation wieder rauskomme!

Ich kauere mich auf den kalten Boden und überlege, welche Optionen ich habe.

Außer Draco hat kein Offizier mit mir gesprochen. Meine Hoffnung, dass man mich einen Anruf machen lassen wird, ist gleich Null, ich kann also weder einen Anwalt noch die Botschaft kontaktieren.

Nach Camerons Schreien zu schließen und danach, wie sie mich behandelt habe, glaube ich nicht, dass sie vorhaben, Cam und mich lebend aus diesem Bunker rauszulassen.

Ehrlich, es sieht verdammt beschissen für uns aus.

Warum musste sich Cam, dieser *Vollidiot*, auch auf Waffengeschäfte mit Rebellen einlassen?

Und warum musste *ich* mich mit *ihm* einlassen? Hätte ich das nicht getan, hätte er mich nicht mit nach Moskau genommen, und ich wäre jetzt nicht hier in diesem verdammten, beschissenen Bunker und müsste nicht um mein Leben fürchten. Das habe ich jetzt davon, es musste ja unbedingt Cam sein, der mächtige Firmenboss.

Was habe ich nur jemals in ihm gesehen? Cameron wollte mich missbrauchen und hat mich verraten. Draco hingegen hat mich vor ihm und den anderen Gefangenen beschützt. Obwohl er sogar das *Recht* hat, mich zu foltern, hat er Gnade walten lassen und mich gut behandelt.

Mehr als nur gut. Er weiß, wie er mich berühren, mich streicheln muss, wonach mein Körper verlangt. Ich sehne mich nach seiner Nähe, seiner Berührung – obwohl ich mitten in dieser schlimmen Situation stecke. Es ist verrückt.

Vielleicht ist das das Stockholm-Syndrom? Ergeht es mir nicht gerade ähnlich?

Nein, denn Draco hat mich nicht entführt. Er hat versucht zu verhindern, dass die Soldaten mich mitnehmen und hat mich immer nur beschützt, schon bevor wir hier festgehalten wurden. Gerade hat er sein eigenes Leben riskiert, indem er sich geweigert hat, Informationen aus mir herauszufoltern, wie seine Vorgesetzten es von ihm verlangen.

Stattdessen ist er zärtlich zu mir gewesen. In diesem Verhörraum, dieser Folterkammer, ist er mir nicht als grausamer Peiniger begegnet, sondern als zärtlicher Liebhaber.

Zwischen meinen Beinen kribbelt es, wenn ich mich an seine Berührungen erinnere. Wie kann ein so gefährlicher, eiskalter Mann so sanft sein?

Doch was wird er seinen Führungsoffizieren erzählen, wenn diese von ihm Ergebnisse der ‚Folter' erwarten?

Ich stütze meinen Kopf in meine Hände und atme langsam aus. Die Stille in der Zelle, die Enge und die stickige Luft machen mich wahnsinnig.

Egal, wie ich die Sache auch drehe, Draco ist meine einzige Hoffnung. Cameron ist nicht in der Lage, mir zu helfen, und ich bin auch nicht mehr so naiv, von ihm noch irgendetwas zu erwarten.

Mein einziger Verbündeter hinter diesen Mauern ist ein fast zwei Meter großer, tödlicher Offizier, der mich vergewaltigen und quälen soll, damit ich Informationen preisgebe, die ich gar nicht habe.

*Lilly, wie konntest du dich bloß in so eine beschissene Situation bringen?*

Die Zeit schleicht dahin, ich habe keine Ahnung, wie viele Stunden seit meinem letzten Verhör vergangen sind. Ich lehne an der Wand, nicke immer wieder ein und schrecke dann wieder hoch. Ich bin so erschöpft, dass ich schlafen möchte, aber mein Körper ist zu angespannt, ich habe zu viel Angst.

Plötzlich höre ich Schritte vor der Zelle. Die Tür wird aufgeschlossen und zwei Soldaten kommen herein.

Wie beim letzten Mal reißen sie mir die Kleider vom Leib, fesseln meine Hände auf den Rücken und verbinden mir die Augen. Es ist erniedrigend, aber sie rühren mich nicht an. Dann schleifen sie mich aus der Zelle und durch den Gang.

Diesmal höre ich Cameron nicht schreien. Ob er ihnen schon alles verraten hat?

Oh mein Gott, sie werden ihn doch nicht umgebracht haben?

Ich werde in einen Raum gebracht, ich glaube, es ist derselbe Verhörraum wie vor ein paar Stunden. Diesmal werde ich jedoch nicht mit den Händen an die Decke gefesselt, sondern die Soldaten zwingen mich mit dem Rücken auf einen kalten Metalltisch, meine Arme und Beine werden an den Tischbeinen festgebunden, so dass ich wie ein X aufgespreizt daliegen muss.

Die Männer verlassen den Raum, es wird wieder ganz still um mich. Mein Herz hämmert heftig gegen meine Brust, ich bete, dass es wieder Draco sein wird, der meine Befragung durchführt.

Was, wenn ein anderer durch die Tür kommt? Meine Muskeln krampfen sich zusammen, ich ziehe an den

Fesseln, doch ich kann mich kaum bewegen. In dieser Position, nackt bis auf meine Unterwäsche, bin ich vollkommen wehrlos.

Die Tür geht auf, jemand kommt herein. Ich höre harte Männerschritte, die Tür wird geschlossen, jemand tritt an meinen Tisch. Ich halte die Luft an.

„Bereit, weiterzumachen, Lilly?“

Es ist Dracos Stimme! Erleichterung durchströmt mich. Trotzdem habe ich Angst, so blind und hilflos auf dem Tisch gefesselt. Was wird er tun? Ich beginne zu zittern.

„Deine Informationen waren sehr hilfreich“, sagt er in ruhigem Ton, mit einer unterschwelligen Bedrohlichkeit in der Stimme.

Wovon spricht er? Welche Informationen?

„Aber ich habe das Gefühl, dass du mir noch etwas verheimlichst. Diesmal muss ich wohl etwas überzeugender sein, damit du dich kooperativ zeigst.“

Ein leises, kreischendes Geräusch stellt mir die Haare auf. Zieht er etwa eine Klinge über den Metalltisch? Verdammte Augenbinde!

„Das ist mein Messer, Lilly. Kannst du dir vorstellen, was ich damit an deinem Körper anrichten werde?“

Mein Atem geht schneller, ich winde mich in den Fesseln. Hat er seine Meinung geändert? Wird er mich diesmal wirklich verletzen? Meine Muskeln sind so verkrampft, dass ich ganz verrenkt auf dem Tisch liege.

Ich zucke zusammen, als er mich plötzlich berührt. Seine Hand umfasst meine Wange und sein Daumen beginnt, langsame Kreise über mein kleines Muttermal zu ziehen, so, wie er es das letzte Mal gemacht hat.

Ich halte ganz still, fürchte mich vor jeder seiner Bewegungen, hoffe inständig, dass alles nur Show für die Aufnahmegeräte ist und seine sanfte Berührung an meiner Wange eine stumme Botschaft an mich, dass er mir nicht wehtun wird.

„Ich werde nicht aufhören, ehe du mir alles gesagt hast,

was du weißt", knurrt er bedrohlich, während seine Hand mich weiter sanft streichelt. „Gib mir die Informationen, und ich beende deine Qualen."

Ich fühle, wie er sich zwischen meine Beine stellt, sich über mich beugt und seine Hände rechts und links am Tisch abstützt. Das Messer in seiner Hand schlägt leise gegen den Metalltisch, seine Uniform drückt auf meine nackte Haut.

Angespannt erwarte ich einen Schnitt seiner Klinge, doch Draco beugt sich zu mir herunter, sein warmer Atem jagt mir eine Gänsehaut über den Körper. Plötzlich haucht er einen Kuss zwischen meine Brüste.

Ich wage nicht, mich zu bewegen. Er berührt mich nicht mit seinen Händen, sondern lässt seine Lippen zart über meine Haut gleiten. Sein Bart kitzelt mich, er zieht eine Spur von Küssen über meinen Körper, zwischen meinen Brüsten hindurch, über meinen Bauch bis zu meinem Nabel. Die Berührung ist so sanft, dass meine Haut zu vibrieren anfängt.

Kein Stich seiner Klinge, kein Schmerz? Ich traue mich nicht, mich zu entspannen, obwohl ich mir verzweifelt wünsche, Draco zu vertrauen.

Bebend hoffe ich, dass er mir die Folter nur angedroht hat, um seine Vorgesetzten in die Irre zu führen, dass er sie nur glauben lassen will, dass er mich tatsächlich quält.

Er spürt, dass ich mich unter seinen Küssen nicht entspanne. Langsam lässt er seine Lippen über meinen Bauch wieder hinauf zu meinen Brüsten gleiten, bis er meinen Hals erreicht.

Er haucht zärtliche Küsse auf mein Schlüsselbein, dann lässt er seine Lippen meinen Hals entlang bis zu meinem Ohr wandern. Währenddessen legt er seine Hand an meine Wange und streichelt mich sanft, beruhigend.

Will er mir zu verstehen geben, dass er auch diesmal nicht vorhat, mir Schmerzen zuzufügen?

*Oh bitte, lass es wirklich so sein!*

Seine Lippen gleiten über mein Ohrläppchen, er

knabbert sanft daran. Dann hält er plötzlich meinen Kopf fest und presst seine Lippen an mein Ohr.

„*Schrei.*“ Seine Stimme ist kaum mehr als ein Atemhauch.

Ich gehorche, stoße ein Wimmern aus und flehe um Gnade. „Bitte nicht … bitte Draco, hör auf!“ Mein Flehen klingt überzeugend, die Angst in meiner Stimme ist echt. Als ich seinen Namen ausspreche, spüre ich, wie sich sein Körper anspannt.

Seine Hand an meiner Wange verkrampft sich, seine Berührung wird intensiver, als würde er mir die Angst nehmen wollen, als würde er mir versichern wollen, dass mir von ihm keine Gefahr droht.

Er fährt fort, mich zu küssen. Seine Lippen wandern über meinen Hals hinunter zu meinen Brüsten, die er zärtlich durch den Stoff meines BHs liebkost. Dann zieht er die Spur seiner Küsse über meinen Bauch bis zu meinem Bauchnabel. Ich spüre seine Zunge, die sanft auf meiner Haut kreist, und seinen warmen Atem.

Es fühlt sich gut an. Würde er das Messer einsetzen wollen, hätte er es dann nicht längst getan? Ganz langsam entspannt sich mein Körper, doch ich brauche viel Zeit.

Draco lässt mir alle Zeit der Welt. Er berührt jeden Zentimeter meines Körpers mit seinen Lippen, vertreibt die Angst und die Anspannung, und nach und nach löst sich mein Körper aus der verkrampften Haltung. Meine Muskeln entspannen sich, kämpfen nicht mehr gegen die Fesseln an, mein Herz rast nicht mehr vor Furcht.

Dracos Küsse wandern von meinem Bauchnabel abwärts. Seine Lippen erreichen den Bund meines Höschens, seine Zunge stößt neckend darunter.

Dann setzt er zum ersten Mal seine Hände ein. Behutsam umfasst er meinen Slip und zieht ihn herunter. Seine Lippen senken sich auf meine Scham, er zieht die Spur seiner Küsse weiter nach unten.

Ich halte den Atem an. Er wird doch nicht …?

Doch.

Seine Küsse erreichen meine Klitoris. Spielerisch drückt er mit der Zunge dagegen, küsst und neckt mich. Himmel, dieser Mann weiß wirklich, wie eine Frau berührt werden will!

Er spreizt meine Schenkel, seine Zunge erkundet mich weiter.

Als er beginnt, mich zu lecken, stöhne ich leise auf. Sofort legt er warnend seine Hand an meinen Mund, presst seinen Zeigefinger auf meine Lippen. Ich verstumme. Der Druck seines Fingers lässt nach, er streicht meine Lippen entlang, bis ich den Mund ein wenig öffne. Vorsichtig schiebt er seinen Finger zwischen meine Zähne, ich umschließe ihn mit meinen Lippen. Ich lecke mit meiner Zunge darüber und beginne, ein wenig daran zu saugen.

Ich weiß, woran Draco jetzt denkt, denn auch ihm entkommt ein scharfer Atemzug.

Langsam zieht er seine Hand von meinem Mund zurück und widmet sich wieder meiner Weiblichkeit. Seine Hände gleiten unter meinen Hintern, er hebt mein Becken ein wenig an, damit er tiefer zwischen meine gespreizten Beine eintauchen kann.

Er fährt fort, mich zu lecken, diesmal intensiver. Ich presse meine Lippen aufeinander, damit mir nicht aus Versehen wieder ein Stöhnen entfährt, aber ich kann mich kaum noch darauf konzentrieren.

Seine Küsse sind himmlisch! Ich beginne, mein Becken zu bewegen, dränge mich ihm entgegen, während er mich mit seiner Zunge verwöhnt. Dann streicht er mit einer Hand an der Innenseite meines Schenkels entlang, liebkost meine Schamlippen und dringt ganz langsam mit einem Finger in mich ein.

Ich bäume mich auf dem Tisch auf, mein Körper in den Fesseln angespannt. Es ist eine Qual, die süßer ist als alles, was ich bisher erlebt habe.

Während Draco mich weiterhin abwechselnd leckt und mit seiner Hand verwöhnt, zieht sich die Spannung in meinem Körper immer mehr zusammen. Draco scheint das Herannahen meines Orgasmus zu spüren, denn er verändert sein Liebesspiel, indem er den Druck und das Tempo erhöht.

Als mein Orgasmus wie eine gewaltige Welle über mich hereinbricht, ist Draco schon über mir und seine Hand über meinem Mund dämpft meinen Schrei. Er verharrt in dieser Haltung - über mich gebeugt, seine Ellbogen an meinen Seiten aufgestützt und mein Gesicht zärtlich zwischen seinen Händen - bis die Gefühlsexplosion in mir langsam abebbt und mein Atem ruhiger wird. Er lässt mir viel Zeit und ich wünsche mir, er würde nie wieder weggehen, ich genieße seine beschützende Nähe viel zu sehr.

Wieder streicht sein Daumen sanft über meine Wange, ehe er sich schließlich aufrichtet.

„Draco?“, flüstere ich leise. Er wartet stumm, ich schlucke. „Kann ich etwas Wasser haben, bitte?“

Er erwidert nichts, geht zur Tür und schlägt mit der Faust dagegen, um die Wachen zu rufen. Wieder gibt er ihnen einen  Befehl auf Russisch, sie lösen meinen Fesseln vom Tisch und nehmen mich mit.

Meine Beine zittern noch von dem Orgasmus, den Draco mir geschenkt hat, ich kann mich kaum auf den Beinen halten, während die Soldaten mich den Gang entlang schleifen. Erst in meiner Zelle wird mir die Augenbinde wieder abgenommen, ebenso die Handfesseln, dann schlagen die Soldaten die Tür hinter sich zu.

Schnell schlüpfe ich in meine Kleidung und knöpfe mit bebenden Fingern meine Bluse zu. Mein Körper ist entspannt und erregt zugleich, jede Nervenzelle feuert wie verrückt. Dieser Höhepunkt war noch intensiver als der davor. Und Draco hat mir wieder kein Haar gekrümmt.

Doch was bezweckt er mit all dem? Werden seine Vorgesetzten nicht irgendwann Verdacht schöpfen? Was hat er damit gemeint, als er gesagt hat, meine Informationen wären sehr hilfreich gewesen?

Gegen jede Logik und Vernunft hoffe ich, dass Draco

einen Plan hat, wie er mich aus diesem Gefängnis befreien will.

*Warum sollte er das tun?*

Warum sollte er seine Karriere und sein Leben riskieren für eine Frau, die er gerade erst kennengelernt hat?

Vielleicht, weil ich ihm … gefalle?

Aber er könnte mich jederzeit haben. Er könnte jetzt sofort in diese Zelle marschieren und mich mit Gewalt nehmen, niemand würde ihn daran hindern.

Warum sollte er überhaupt in Erwägung ziehen, mich aus dieser Hölle zu befreien?

Ich höre Schritte am Gang und weiche zurück, bis mein Rücken gegen die Wand stößt. Die Zellentür wird aufgeschlossen.

Es ist Draco! Er gibt den Wachen einen knappen Befehl, sie treten zurück und schließen die Tür hinter ihm, wir sind allein.

Seine eisblauen Augen sind wie immer kalt und lassen keinen Schluss darauf zu, wie es in seinem Inneren aussieht. Seine ganze Erscheinung in dieser Uniform wirkt bedrohlich, außerdem ist er bewaffnet, was mir beim ersten Verhör gar nicht aufgefallen ist.

Er kommt auf mich zu, ich sehe ihn unverwandt an, bis er direkt vor mir stehen bleibt. Ich fühle eine seltsame Mischung aus Angst und Erregung. Soll ich ihn berühren oder vor ihm fliehen?

Doch wo könnte ich mich schon verstecken? Ich kann ihm ohnehin nicht entkommen.

Wortlos reicht er mir eine Wasserflasche.

Ich blinzele die Flasche einen Moment lang ungläubig an, dann schraube ich sie auf und trinke so hastig, dass ich mich verschlucke. Ich huste, trinke aber trotzdem weiter, bis die Flasche leer ist.

Er beobachtet mich schweigend. Ich wische die letzten Wassertropfen mit dem Ärmel meiner Bluse von meinem Mund. „Danke“, flüstere ich leise. „Draco, was …?“

Ehe ich den Satz vollenden kann, schießt seine Hand

vor und packt mich an der Kehle. Vor Schreck lasse ich die leere Wasserflasche fallen und umklammere seinen kräftigen Unterarm.

In seinem Gesicht blitzt eine Warnung auf. Was will er mir sagen? Darf ich ihm keine Fragen stellen?

Oh mein Gott, wird meine Zelle etwa auch abgehört? Dann hätte ich ihn beinahe verraten!

Ich reiße die Augen auf und nicke stumm, zum Zeichen, dass ich diesen Fehler nicht noch einmal machen werde. Langsam lässt er meine Kehle los, nicht ohne dabei sanft über das Muttermal an meiner Wange zu streichen.

„Du wirst mich bald wiedersehen“, sagt er in bedrohlichem Ton, dann wendet er sich abrupt um und lässt mich allein.

Ich werde ihn bald wiedersehen? Jeder andere hätte das als Drohung aufgefasst, als eine psychologische Folter, dass unsere Verhöre bald weitergehen werden … aber seine Berührung an meiner Wange lässt mich hoffen, dass er es anders gemeint hat.

Hat Draco am Ende doch einen Plan, um mich zu befreien?

# Kapitel 8

Die Zeit scheint stillzustehen. Ich habe keine Ahnung, ob es Tag oder Nacht ist, oder wie lange ich schon in dem Bunker eingeschlossen bin. Ein paar Stunden? Ein paar Tage? Mir kommt es vor wie eine Ewigkeit.

Mein brennender Durst ist gestillt, aber ich zittere am ganzen Körper. Es ist kalt, ich bin körperlich am Ende, übermüdet und ausgehungert.

Nachdem Draco gegangen ist, habe ich mich in eine Ecke gekauert und die Arme um meine Knie geschlungen. Seitdem habe ich mich nicht vom Fleck gerührt, meine Zähne schlagen aufeinander, so sehr friere ich.

Ich hasse diese Hilflosigkeit! Ich kann nichts tun, um mich zu retten, gar nichts! Ich kann bloß hier sitzen und versuchen, nicht den Verstand zu verlieren, während mein Leben von einem Fremden abhängt.

Was, wenn Draco sich für die andere Seite entscheidet? Dass ich keine Chance habe, mit ihm zu sprechen, ohne dass seine Vorgesetzten mithören, macht mich verrückt. Ich will ihn fragen, warum er mich in die Verhörzelle hat bringen lassen, mir zuerst Todesangst gemacht hat und dann so zärtlich zu mir gewesen ist. Vor allem aber will ich ihn anflehen, mir zur Flucht zu verhelfen! Wenn er es nicht tut, dann werde ich hier sterben, so viel ist sicher.

Ich schrecke auf, als sich laute, hastige Schritte meiner Zelle nähern. Es sind mehrere Soldaten, mindestens vier. Ich stehe auf und drücke mich mit dem Rücken gegen die Wand. Sie schließen die Zelle auf und stürmen herein, es sind fünf Männer, Draco ist nicht dabei.

Irgendetwas stimmt nicht, die Soldaten sind aufgeregt. Werden sie mich wieder mitnehmen?

Ich erwarte, dass sie mir wieder die Kleidung ausziehen, mich fesseln und mir die Augen verbinden, doch diesmal scheinen sie aus einem anderen Grund gekommen zu sein.

Aus einem schrecklichen Grund.

Panik schießt in mir hoch, als einer von ihnen plötzlich seine Waffe zieht und auf meinen Kopf richtet.

„Nein!“, schreie ich, meine Stimme klingt schrill und erstickt, und drücke mich noch fester gegen die Wand, als könnte ich den Kugeln ausweichen. Todesangst erfasst mich, mein Puls beginnt zu rasen. Mein Blut rauscht in meinen Ohren, ich kneife die Augen zusammen, erwarte den tödlichen Schuss.

Ein lauter Knall, ich zucke zusammen. Bin ich getroffen? Ich stehe noch aufrecht und fühle keinen Schmerz. Verwirrt blinzele ich den Soldaten an, der auf mich geschossen hat. Sein Kamerad hat seine Waffe zur Seite gestoßen, offenbar genau in dem Augenblick, in dem der Soldat auf mich gefeuert hat.

Warum hat er mich gerettet? Mein Herz schlägt so heftig, als würde es gleich zerspringen. Jetzt diskutieren die beiden Soldaten miteinander auf Russisch, auch die anderen mischen sich ein. Ich verstehe kein Wort, ich kann mich bloß gegen die Wand drängen und beten, dass ein Wunder geschieht und sie mich doch nicht umbringen.

Als der Soldat die Waffe wegsteckt, halte ich den Atem an. Sind meine Gebete erhört worden? Werden sie mich nicht erschießen?

Bringen sie mich vielleicht stattdessen zu Draco?

Die Erleichterung, dem sicheren Tod gerade noch entkommen zu sein, währt nur kurz.

Mein Herz setzt aus, als alle fünf Soldaten beginnen, ihre Hosen zu öffnen, und einer von ihnen meine Zellentür zuzieht.

Nein! Haben sie sich entschieden, mich am Leben zu lassen, damit sie mich alle nochmal ficken können, bevor sie mich erschießen? Hat es sie neugierig gemacht, was ihr Offizier mit mir hinter der verschlossenen Tür des Verhörraums getan hat?

Ich weiß, dass ich keine Chance habe. Trotzdem fasse ich den eisernen Entschluss, mich nach Leibeskräften zu wehren. Ich lasse mich lieber von ihnen im Kampf umbringen, als ihre Körper auf mir zu ertragen.

Ich schreie los, kreische um mein Leben. Der Soldat, der mich erschießen wollte, kommt auf mich zu und schlägt mir ins Gesicht. Ich gehe fast zu Boden, schaffe es aber noch, ihm einen kräftigen Schlag zwischen die Beine zu verpassen. Da er schon erregt ist, muss es höllisch wehtun, er stößt einen Fluch aus und krümmt sich vor Schmerz.

Einer weniger! Grimmig schlage und trete ich um mich, als sich die vier anderen auf mich stürzen. Ich erwische einen von ihnen am Oberschenkel, leider nicht seinen erigierten Schwanz, auf den ich gezielt hatte, und zerkratze einem zweiten das Gesicht, aber dann ist es um meine Gegenwehr geschehen. Sie ringen mich auf den Boden, zwei halten meine Arme nieder, einer hält meine Beine fest und der vierte holt seinen Schwanz aus der Hose.

Sie schieben brutal meinen Rock hoch und zerreißen meinen Slip. Ich schreie verzweifelt und versuche alles, um mich zu befreien, kämpfe und wehre mich nach Leibeskräften, doch ich habe nicht den Hauch einer Chance.

Plötzlich wird die Zellentür mit einem lauten Knall aufgestoßen. Die Soldaten wirbeln herum und prallen zurück. Hastig richten sie sich auf, bringen ihre Uniformen in Ordnung und salutieren.

Ein Offizier ist im Raum.

Ich kauere mich auf dem Boden zusammen, ziehe zitternd meinen Rock über meine Oberschenkel und schlinge meine Arme um meinen Körper. Draco steht über mir, drohend und furchteinflößend. Zum ersten Mal sehe ich eine Emotion in seinen eisblauen Augen: Es ist wilde, unbeherrschte Rage.

Er faucht die Soldaten auf Russisch an und versetzt dem, der sich als Erster an mir vergehen wollte, einen heftigen Faustschlag.

Meine Gefühle überschlagen sich, mein Puls rast noch immer, ich bin starr vor Angst. Dankbarkeit und Erleichterung mischen sich mit dem Gefühl der Panik, das mich fast überwältigt hat, ich starre Draco unverwandt an, während er die Soldaten züchtigt.

Sein Zorn lodert um ihn wie kaltes Feuer. Er verpasst einem nach dem anderen einen Schlag ins Gesicht, dabei bricht er zwei Männern die Nasen und schlägt einem einen Vorderzahn aus. Keiner der Soldaten wagt es, sich gegen Draco aufzulehnen. Als er sich mir zuwendet, mich packt und unsanft auf die Beine zerrt, zittere ich ebenso vor ihm wie die Soldaten es tun. Seine zärtliche, sanfte Seite ist verschwunden, so, als hätte es sie nie gegeben. An ihre Stelle ist ein eiskalter Offizier getreten, der seinem Zorn freien Lauf lässt.

Er gibt den Soldaten einen Befehl, woraufhin sie eilig die Zelle verlassen. Draco zieht mich hinter ihnen her, kochend vor Wut. Ich wage nicht, mich ihm zu widersetzen, stolpere verwirrt und verängstigt neben ihm her, während seine große Hand meinen Oberarm in einem harten Griff umfasst hält.

Er zerrt mich durch den Gang, die Soldaten nehmen einen anderen Weg. Ich erwarte, wieder in einen Verhörraum gebracht zu werden, doch stattdessen steigen wir eine Treppe hinauf in das Militärgebäude, das über dem Bunker liegt.

Ohne sein Tempo zu verlangsamen marschiert er mit mir durch das Gebäude, mein Arm weiterhin fest in seinem Griff. Soldaten begegnen uns, doch Draco zuckt nicht mit der Wimper, er geht mit erhobenem Kopf an ihnen vorbei, direkt auf den Ausgang zu.

Niemand hält uns auf, als wir das Gebäude verlassen und den Hof überqueren. Noch befinden wir uns auf militärischem Gelände, vor uns liegen die vergitterten und bewachten Eingangstore.

Als niemand in Hörweite ist, zischt Draco mir zu:

„Cameron ist tot. Ich muss dich sofort von hier wegbringen."

Obwohl ein Teil von mir damit gerechnet hat, dass sie Cameron umbringen würden, erstarre ich bei Dracos Worten.

Ist das wirklich wahr? Haben sie Cameron wirklich getötet?

Meine Beine geben nach, ich sinke neben Draco zusammen, doch er zieht mich im letzten Moment hoch und zwingt mich, weiterzugehen.

„Komm mit mir, wenn du leben willst", zischt er mir noch zu, bevor ein anderer Offizier an uns vorbeigeht und in Dracos Richtung salutiert.

Draco erwidert den militärischen Gruß und beschleunigt seine Schritte. Der Exerzierplatz vor der Kaserne ist riesig, es scheint mir, als bräuchten wir eine Ewigkeit, um ihn zu überqueren.

Eine Ewigkeit, in der wir auf dem Präsentierteller stehen und jederzeit von Dracos Vorgesetzten aufgehalten werden können. Es ist heller Tag, die Kaserne ist voller Soldaten, wir werden keine drei Schritte weit kommen, wenn wir verraten werden.

Meine Hände sind eiskalt, mein Herz hämmert. Ich spüre Dracos angespannten Körper an meiner Seite, auch er weiß, dass uns höchstens ein paar Minuten bleiben, bis unser Verschwinden entdeckt wird und wir hier nicht mehr rauskommen.

Draco bringt mich zu einem gepanzerten Wagen, der auf dem Parkplatz neben dem Exerzierplatz steht. Er drängt mich, einzusteigen, springt auf den Fahrersitz und lenkt das Fahrzeug auf den Ausgang zu.

Als wir von der Wache am Tor angehalten werden, senke ich den Blick und Draco zeigt dem Mann seinen Ausweis. Der Soldat zögert und will uns nicht passieren lassen, doch Draco schnauzt ihn dermaßen an, dass sogar ich vor Schreck zusammenzucke. Unwillig lässt uns der Soldat schließlich durch, ich halte den Atem an, während sich das vergitterte Tor hebt, wir langsam hindurchfahren und die Militärkaserne verlassen.

„Was jetzt?" Meine Stimme bebt, während Draco sich in den Verkehr einreiht und aufs Gas tritt.

Seine Miene ist ebenso finster wie der Zorn, der ihn immer umgibt.

„Haben sie dir wehgetan?" Sein Blick flackert für einen Moment zu mir und ich keuche erschrocken. Die Eiseskälte in seinen Augen ist vollständig gewichen, an ihrer Stelle lodert unbeherrschbare Glut. Seine Kiefermuskeln arbeiten, als ob er fürchtet, meine Antwort nicht ertragen zu können.

„Nein", flüstere ich. „Du bist noch rechtzeitig gekommen."

Seine Anspannung lässt merklich nach, er atmet durch.

Ich möchte mich bei ihm bedanken, dafür, dass er mich vor den Soldaten gerettet hat, dass er mein Leben gerettet und mich befreit hat … doch meine Stimme versagt, ich bringe keinen Ton hervor.

Er greift in seine Jackentasche und reicht mir sein Telefon.

„Wähl die Nummer, die im Kurzwahlspeicher auf der eins ist."

Verwundert tue ich, was er sagt. Es läutet, ich halte ihm das Telefon hin, doch er schüttelt den Kopf.

„Der Anschluss wird durch einen Zahlencode aktiviert." Er nennt eine Reihe von Ziffern, die ich hastig eintippe. Es ist ein zwölfstelliger Code. Plötzlich ertönt eine weibliche Computerstimme am Ende der Leitung. Sie spricht Englisch.

„Vielen Dank für Ihren Anruf. Ihre Anfrage wird so bald wie möglich bearbeitet."

Dann ist die Leitung tot.

Vollkommen verwirrt sehe ich Draco an.

„Der Anschluss wurde deaktiviert", sagt er. „Diese Nummer kann nur ein Mal verwendet werden."

„Was soll das heißen?", frage ich leise. „Was ist hier

los?“

„Wir müssen dich zuerst in Sicherheit bringen, dann erkläre ich dir alles.“ Er runzelt die Stirn, während er sich auf den Verkehr konzentriert. „Ich war im Bunker schon auf dem Weg zu dir, als ich den Schuss gehört habe. Ich habe schon befürchtet …“ Er ringt mit den Worten. „… zu spät zu kommen. Ich war so froh, dass du noch am Leben warst, aber als ich gesehen habe, was diese Schweine dir antun wollten, bin ich durchgedreht.“

Er war schon auf dem Weg zu mir? Vielleicht, um mich zu befreien? Seine Worte jagen mir ein Kribbeln über den Körper.

Er ist wütend geworden, weil andere Männer mir wehtun wollten.

„Warum haben die Soldaten sich nicht mit dir angelegt?“, frage ich leise. „Immerhin hast du sie fast zu Brei geschlagen.“

Ein harter Ausdruck legt sich über sein Gesicht. „Kleine, das ist die russische Armee.“ Seine Nasenflügel blähen sich. „Nachdem Cameron gestorben war, war es ihr Auftrag, auch dich zu beseitigen. Diese Dreckskerle wollten einfach noch ihren Spaß haben, ehe sie dich erschossen hätten.“

Ich schlucke trocken. „Was hast du zu ihnen gesagt, damit sie mich dir überlassen?“

„Ich habe gesagt, dass ich mich selbst um dich kümmern werde, weil du der Grund für meine Schwierigkeiten mit den Führungsoffizieren bist. Und dass eine Kugel viel zu gnädig wäre und ich dich qualvoll töten will.“

Seine Stimme klingt so bedrohlich, dass ich ihm jedes Wort abkaufe. Kein Wunder, dass er die Soldaten im Bunker überzeugt hat.

Plötzlich biegt er in eine Seitenstraße ein und stellt den Motor ab. Ich erstarre neben ihm und kralle meine Finger in den Sitz.

„Wir müssen den Wagen wechseln, nach diesem hier

wird bestimmt schon gefahndet.“ Damit springt er aus dem Auto und läuft zu einem blauen Kombi, der ein paar Meter vor uns geparkt ist. Lautlos atme ich aus und folge ich ihm. Er hat schon den Kofferraum aufgerissen und ist dabei, die Uniform abzustreifen. Mir bleibt die Luft weg, als Draco sich vor mir entblößt.

*Was. Für. Ein. Mann.*

Er ist durch und durch ein Kraftpaket, dicke Muskelstränge treten auf seiner Brust und seinen Schultern hervor, er hat einen breiten, kräftigen Rücken und ein hartes Sixpack. Seine Oberschenkel sind mächtig und definiert, er ist tödlich und wunderschön.

Viel zu schnell schlüpft er in die unauffällige Kleidung, die er aus dem Kofferraum zieht, und verdeckt seinen eindrucksvollen Körper. Dann drängt er mich, einzusteigen, springt auf den Fahrersitz und bringt uns schnell zurück auf die Hauptstraße.

„Wohin fahren wir?“ Ich habe tausend Fragen an ihn, aber diese scheint mir die Dringendste zu sein. Wenn er schon an einen Fluchtwagen und an Kleidung zum Wechseln gedacht hat, dann muss er einen Plan haben.

Hat er die ganze Zeit über gewusst, dass er mich befreien würde? Himmel, seit wann plant er das alles schon?

„Wir müssen so schnell wie möglich aus dem Land verschwinden“, knurrt er. „Wenn man uns erwischt, sind wir tot.“

„Aus Russland verschwinden? Wie stellst du dir das vor?“ Mein Verstand rast. „Ich bin Amerikanerin … bring mich zur amerikanischen Botschaft. Dort wird man uns helfen, wenn ich erzähle, was geschehen ist. Ich werde sagen, dass du mich beschützt und befreit hast, man wird dir Asyl gewähren, wenn du …“

„Ich brauche kein Asyl.“

„Aber du bist ein russischer Offizier! Du hast mir geholfen, zu fliehen, jetzt werden deine Leute ganz bestimmt eine Prämie auf deinen Kopf aussetzen. Glaub mir, du *brauchst* amerikanisches -“

Wieder unterbricht er mich. „Ich brauche kein amerikanisches Asyl, Lilly, weil ich selbst Amerikaner bin.“

# Kapitel 9

Ich verstumme und starre ihn an. „Du bist …? Aber du arbeitest doch für die russische Armee. Du bist Russe!“

Er nickt. „Um meinen Job zu machen, musste meine Tarnung glaubwürdig sein.“

„Deine Tarnung? Was denn für eine Tarnung?“ Ich bin völlig verwirrt. „*Wer bist du?*“

„Ich arbeite zwar für eine Regierungsbehörde, aber nicht für eine Russische.“ Er holt tief Atem und lässt die Luft dann langsam entweichen. „Meine Einheit nennt sich Urban Warrior Corps. Wir sind eine Sondereinsatztruppe und werden auf Spezialeinsätze geschickt. Dabei arbeiten wir mit allen amerikanischen Behörden zusammen.“

Ich schnappe nach Luft. Das kann doch nicht wahr sein. „Willst du mir etwa weißmachen, dass du ein Spion bist?“

„Genau das“, sagt er schlicht.

Ich öffne meinen Mund, doch es kommt kein Ton heraus. Ich sehe wahrscheinlich aus wie ein Fisch auf dem Trockenen, bis ich schließlich beim dritten Versuch endlich einen Satz rausbringe.

„Was zum Teufel hast du mit Cameron und mir zu tun, und mit GP-Tech und diesen Rebellen, an die Cameron angeblich Software verkauft hat?“

„Nicht nur angeblich. Wir wissen mit Sicherheit, dass er mit den Rebellen Geschäfte gemacht hat.“

Oh mein Gott … ich denke an Cameron, der irgendwo in diesem Bunker gestorben ist, wahrscheinlich wurde er zu Tode gefoltert. Das wäre auch mein Schicksal gewesen, wenn Draco mich nicht befreit hätte.

Grenzenlose Dankbarkeit mischt sich zu dem Gefühlschaos, das ich bereits empfinde, zu der Angst, der Fassungslosigkeit und der Ungläubigkeit. Noch immer kann ich meinen Dank für Draco nicht in Worte fassen, also ich strecke ich scheu meine Hand aus und lege sie stumm auf seine.

Es ist das erste Mal, seit er noch als mein Mitgefangener in der Zelle gewesen ist, dass ich ihn berühre. Sein Blick schießt sofort zu unseren Händen, ein überraschter Ausdruck huscht für einen Moment über sein Gesicht. Dann wird er wieder beherrscht und ernst, aber er zieht seine Hand nicht unter meiner weg.

„Weißt du, was mit Cameron passiert ist?“, frage ich leise.

Ein Teil von mir will es gar nicht wissen, aber ein anderer, stärkerer Teil weiß, dass ich damit nie werde abschließen können, wenn ich nicht die Wahrheit erfahre.

„Sein Tod war nicht geplant, zumindest nicht zu diesem frühen Zeitpunkt“, knurrt Draco. „Er starb an inneren Blutungen. Man hatte vor, ihn noch länger am Leben zu lassen, um noch mehr aus ihm herauszupressen. Ursprünglich sollte ich mit euch beiden fliehen, aber als Cameron gestorben ist, brauchte ich eine rasche Planänderung.“

„Du wolltest uns beide retten?“

„Mein Auftrag lautete, zu verhindern, dass Cameron etwas über seine Verbindungen zum U.S. Militär ausplaudert.“

Ich reiße die Augen auf. „*Was?* Welche Verbindungen denn?“ Dann steigt eine Ahnung in mir auf. „Hat er etwa auch an das U.S. Militär Software geliefert?“

Draco nickt. „Das ist zwar eine Weile her, aber ein paar Generäle sehen es trotzdem nicht gern, wenn die Russen diese Informationen bekommen würden.“

„Wie … hättest du das verhindern sollen?“, stottere ich.

Seine Stimme klingt hart. „Ich wurde als Offizier eingeschleust, als Experte für Verhörmethoden.“

„Als Foltermeister?“

Er nickt. „Man hat die Abteilung des russischen

Militärs, die Cameron im Visier hatte, glauben lassen, ich wäre eine Legende im Herauspressen von Informationen. Ich hätte die Verhöre mit Cameron führen sollen und dabei darauf geachtet, nur gezielte Informationen an meine Führungsoffiziere weiterzugeben."

„Aber das ist doch fast unmöglich. Wie hättest du denn kontrollieren sollen, was Cameron sagt?"

„Ich führe meine Verhöre immer allein. Nur ich und der Gefangene."

„So wie bei mir." Mir steigt bei der Erinnerung an unsere ‚Verhöre' die Röte in die Wangen. In meinem Schoß beginnt es, zu pulsieren. „Aber ich habe dir doch gar nichts erzählt! Ich habe mich die ganze Zeit über gefragt, was du deinen Vorgesetzten geliefert hast …"

„Ich habe ihnen Informationen über Camerons Softwaredeals gegeben, die meine Einheit längst herausgefunden hatte, und habe so getan, als hätte ich sie aus dir herausgefoltert."

Ich starre ihn sprachlos an.

„Warum hast du mir geglaubt, dass ich wirklich nichts damit zu tun habe?"

Ein Schmunzeln huscht für einen Augenblick über sein Gesicht und durchbricht seine harte Fassade. „Weil eine PR-Assistentin aus Minnesota keine Waffensoftware an antirussische Rebellen verkauft."

Sein Lächeln verwirrt mich, so dass ich seine Worte nicht sofort begreife. Dann plötzlich trifft es mich wie ein Schlag.

Ich habe niemals erwähnt, dass ich aus Minnesota stamme.

„Was weißt du alles über mich?" Meine Stimme klingt misstrauisch, meine Hand klammert sich an den Haltegriff der Tür.

Was zum Teufel geht hier eigentlich vor?

„Ich weiß … das Nötigste." Er klingt beherrscht und resigniert, so als hätte er mein Misstrauen erwartet und wäre gleichzeitig enttäuscht darüber. „Als ich mich auf die

Mission vorbereitet habe, habe ich mich intensiv mit Camerons Leben auseinandergesetzt. Da ihr beide liiert wart, habe ich dich ebenso durchleuchtet."

„Was genau meinst du mit ‚durchleuchtet'?" Plötzlich fühle ich mich verunsichert, ähnlich entblößt als wäre ich ihm wieder halbnackt und gefesselt ausgeliefert.

Er schüttelt ungeduldig den Kopf. „Das war Teil des Jobs, Lilly. Kannst du es nicht einfach gut sein lassen?"

„Nein, kann ich nicht! Nicht, bevor du mir sagst, wie viel du über mich weißt."

Er seufzt und starrt auf die Straße. „Ich weiß genug, um sicher zu sein, dass du mit Camerons Geschäften nichts zu tun hast. Das hat dir das Leben gerettet, genügt dir das nicht?"

„Nein!", fauche ich und werfe ihm einen bösen Blick zu.

Er zieht verärgert die Brauen zusammen „Du bist am Leben, was ist dein Problem?"

„Ich sage dir, was mein Problem ist", zische ich. „Zuerst habe ich dich für einen Konferenzteilnehmer gehalten, später für einen Mitgefangenen, dann für einen russischen Offizier, und jetzt erfahre ich, dass du ein amerikanischer Spion bist! Während du anscheinend alles über mich weißt, habe ich keine Ahnung, wer du eigentlich *bist*."

„Vertrau mir, das ist besser so", sagt er dunkel. Er klingt entschlossen, aber da schwingt noch etwas anderes in seiner Stimme mit. Ist es Enttäuschung?

„Glaubst du wirklich, dass ich mich damit abspeisen lasse? Die Jungfer in Nöten ist gerettet und der Ritter in glänzender Rüstung reitet davon?" Ich funkle ihn wütend an. Nach allem, was zwischen uns gewesen ist, kann er mich doch nicht so behandeln! Seine Lippen werden schmal und die Röte schießt mir in die Wangen, als ich daran denke, dass mich diese Lippen noch vor wenigen Stunden zwischen meinen Beinen geküsst haben.

„So siehst du mich? Als deinen Ritter in glänzender

Rüstung?" Es klingt nicht höhnisch, seine Stimme ist ganz ruhig. Er meint die Frage ernst.

„Na ja, ich … du hast mich in den letzten vierundzwanzig Stunden öfter gerettet und beschützt, als ich zählen kann", erwidere ich leise, ein wenig verwirrt. „Vor Cameron, vor den anderen Gefangenen, vor den Soldaten … und vor diesem beängstigenden russischen Offizier, der mich verhören sollte", füge ich hinzu und blicke ihn scheu an. Meine Wut verraucht als mir klar wird, wie viel ich ihm wirklich zu verdanken habe. Er hat mir das Leben gerettet, und ich habe nichts Besseres zu tun, als ihn anzuschreien, während er unseren Fluchtwagen lenkt? Reumütig beiße ich mir auf die Lippe. „Also ich finde, das kommt dem Ritter-Job schon sehr nahe." Ich denke an die Geschichten aus meiner Kindheit, in der der Ritter gegen den Drachen kämpft, um die Prinzessin zu befreien. Ich kann mich zwar nicht erinnern, dass er ihr dabei Orgasmen verschafft hat, aber ich will ja nicht kleinlich sein.

„Was, wenn ich nicht der Ritter bin, Lilly?" Er wirft mir einen Blick aus seinen eisblauen Augen zu, die noch immer glühen. „Was, wenn ich der Drache bin?"

Ich spüre genau, was er meint. Obwohl er mich beschützt und mir nie wehgetan hat, fühle ich noch immer eine furchtsame Scheu vor ihm, die ich nicht erklären kann. Es ist, als würde unter seiner Oberfläche ein dunkles Monster lauern, das ich nicht herausfordern will.

„Wie lange hast du diese Flucht schon geplant?", frage ich leise.

„Schon lange bevor Cameron und du in das Flugzeug nach Moskau gestiegen seid. Wir wussten, dass sie Cameron auf der Konferenz entführen würden. Wäre Mike, sein Stellvertreter, dabei gewesen, hätten sie ihn auch mitgenommen. Dass du an seiner Stelle mit nach Moskau gekommen bist, war nicht Teil des Plans." Draco knirscht mit den Zähnen. „Trotzdem wäre alles glattgegangen, wenn Cameron, dieses feige Arschloch, dich nicht an die Russen verraten hätte. Sie haben nicht gewusst, wer du bist, sie sind erst auf dich aufmerksam geworden, als er mit dem Finger auf dich gezeigt hat. Dann haben sie herausgefunden, dass du seine Geliebte bist und haben natürlich gedacht, dass du ihnen Informationen liefern kannst."

„Ich *war* seine Geliebte", korrigiere ich ihn. „*War*, Vergangenheit, verstehst du?"

„Nein, ehrlich gesagt verstehe ich das nicht. Warum hat sich eine Frau wie du eigentlich mit so einem Idioten eingelassen?"

Ich senke den Blick. „Dass das ein Fehler gewesen ist, hab ich jetzt auch kapiert. Spätestens, wenn dein Ex-Lover dich an das russische Militär verpfeift, um seine eigene Haut zu retten, wird dir klar, dass er vielleicht kein so toller Kerl ist."

Um das unangenehme Thema abzuschließen, drehe ich mich im Beifahrersitz um und werfe einen Blick nach hinten. „Glaubst du, dass die Armee uns auf den Fersen ist?"

„Mit Sicherheit. Wir brauchen noch ungefähr zehn Minuten, bis wir unseren Treffpunkt erreichen."

„Welchen Treffpunkt? Wohin fahren wir?"

„Meine Kollegen stehen bereit, um uns aus Moskau rauszubringen. Ich habe dir doch gesagt, dass die Flucht schon lange geplant gewesen ist. Das Einzige, was unklar war, war der genaue Zeitpunkt. Nachdem die ganze Aktion nicht so gelaufen ist, wie ursprünglich vorgesehen, habe ich meine Kollegen wissen lassen, dass wir möglicherweise sehr plötzlich fliehen müssen."

„Nachdem die Aktion nicht so gelaufen ist, wie vorgesehen? Du meinst, *meinetwegen*."

Er wirft mir einen seltsamen Blick zu, den ich nicht deuten kann. „Ich hätte dich in der Kaffeelounge nicht verteidigen dürfen, das war ein großer Fehler. Aber ich wollte unbedingt verhindern, dass sie dich mitnehmen. Ich war darauf eingestellt, mich auf Cameron zu konzentrieren, das Letzte, was ich brauchen konnte, war eine unschuldige Frau, die zwischen die Fronten gerät. Ich wusste, wenn sie dich erst in dem Bunker eingesperrt hätten, würden sie dir schreckliche Dinge antun. Nichts und niemand auf der Welt würde sie davon überzeugen können, dass du wirklich über keine Informationen über die Softwaredeals verfügst."

„Dann hast du mich in der Kaffeelounge verteidigt, weil du nicht wolltest, dass ich deine Mission verkompliziere?" Die Enttäuschung, die in mir aufsteigt, überrascht mich selbst. Habe ich wirklich gehofft, dass Draco mich gerettet und beschützt hat, weil er mich … was, eigentlich? Begehrt? Oder sich vielleicht sogar ein bisschen in mich verliebt hat?

*Lilly, was denkst du da?*

Ich bin mir meiner eigenen Gefühle ja nicht einmal sicher. Diese Gefühlsachterbahn der letzten Stunden, die ständig wiederkehrende Todesangst gemischt mit der Hoffnung, am Leben zu bleiben, die Erleichterung darüber, dass Draco gut zu mir gewesen ist, ganz zu schweigen von der überraschenden Lust, die er mir bereitet hat …

Was empfinde ich eigentlich für Draco? Ich fürchte mich nach wie vor vor ihm. Vielleicht liegt es an seiner bedrohlichen Ausstrahlung oder daran, dass ich erlebt habe, wie tödlich er sein kann, wenn er es darauf anlegt.

Natürlich ist da ein starkes Gefühl von Dankbarkeit für alles, was er für mich getan hat. Ich weiß, dass ich es nur seinem Schutz zu verdanken habe, dass ich nicht vergewaltigt, gefoltert und umgebracht worden bin.

Doch da ist noch etwas anderes, das ich für Draco empfinde, und das über die Lust hinausgeht, die seine Berührungen mir geschenkt haben. Er scheint genau zu wissen, wie er mich streicheln und küssen muss, um meinen Körper in Flammen zu setzen. Allein die Tatsache, dass es ihm gelungen ist, mich zweimal zum Orgasmus zu bringen – in einer Situation, in der ich Todesängste ausgestanden habe – spricht schon Bände über seine

Fähigkeiten als Liebhaber.

Mir wird heiß, als ich daran denke, was er erst mit mir anstellen könnte, wenn ich gerade nicht um mein Leben fürchte. Wie intensiv wäre eine Nacht mit Draco, wenn ich mich sicher und entspannt fühle? Mein Unterleib zieht sich bei dieser Vorstellung verlangend zusammen, Begehren fährt durch meinen Körper wie ein Stromstoß.

„Ich habe dich verteidigt, weil ich die Vorstellung nicht ertragen konnte, dass sie dir etwas antun“, erwiderte er auf meine Frage. „Dadurch habe ich meine Mission und uns beide in höchste Gefahr gebracht.“ Er starrt düster auf den Verkehr und schweigt, so als würde ihm sein eigenes Verhalten zu schaffen machen.

„Warum hast du es trotzdem getan?“, flüstere ich. „Mich beschützt und verteidigt? Ich … wäre gestorben, wenn du nicht gewesen wärst.“

Er schweigt so lange, dass ich schon glaube, gar keine Antwort mehr zu erhalten.

„Du warst so unschuldig, so verletzlich. Als ich dich auf der Konferenz mit ihm gesehen habe, und was er dir in dem Seminarraum antun wollte … da bin ich einfach durchgedreht. Ich hätte den Kerl am liebsten umgebracht. Ich kann es nicht erklären, Lilly, aber ich hatte einfach das starke Bedürfnis, dich zu beschützen.“

Bei seinen Worten beginnt mein Herz zu flattern.

„Und später, als wir im Bunker waren?“

„Ich wusste, dass ich deine einzige Chance war, lebend aus der Sache rauszukommen. Ich wusste auch, dass du Angst vor mir hattest.“ Er wirft mir einen Seitenblick zu, kurz und forschend. Will er wissen, ob ich ihn immer noch fürchte?

„Natürlich hatte ich Angst vor dir“, flüstere ich. „Ich war dir in der Zelle ausgeliefert, und nachdem du mir gesagt hattest, was die Soldaten von dir erwarteten …“

Seine Hand zuckt, als ob er mich berühren will, aber stattdessen umklammert er das Lenkrad fester.

„Und dann, als du mir als Offizier entgegengetreten

bist, da habe ich erst recht Angst vor dir gehabt. Ich musste ja glauben, dass du alles tun würdest, um dich zu rehabilitieren – egal, was du mir dafür antun müsstest."

„Es tut mir leid, dass ich dir solche Angst machen musste. Aber es musste glaubwürdig sein, sonst hätten meine Vorgesetzten Verdacht geschöpft."

„In dem Verhörraum waren Aufnahmegeräte, oder?"

Er nickt. „Ich habe darauf bestanden, mit dir allein und unbeobachtet zu sein, aber meine Führungsoffiziere haben mir noch nicht wieder vertraut und haben den Verhörraum mit Wanzen ausgestattet."

„Sie haben mitgehört, während wir da drin waren?"

„Ja. Sie wollten sichergehen, dass ich wirklich nicht mit dir zusammenarbeite."

„Aber ich habe doch keinen Ton gesagt!"

Seine Mundwinkel zucken gefährlich. „Ich habe ihnen weisgemacht, meine bevorzugte Foltermethode wäre das Ersticken, und dass ich dich gewürgt hätte, bis du in Todesangst geredet hättest. Dabei habe ich deine Stimmbänder verletzt und du konntest kaum noch flüstern."

„Das haben sie dir abgekauft?"

„Ersticken ist eine beliebte Foltermethode. Sie ist effizient und hinterlässt keine Spuren auf dem Körper des Gefangenen."

Ich begreife langsam. „Deshalb sind die Soldaten nicht misstrauisch geworden, als ich nach deinen Verhören keine Verletzungen am Körper hatte."

Er nickt. Plötzlich greift er nach meiner Hand und drückt sie sanft. Mein Herz pocht. „Sonst hätte ich dir sichtbare Wunden zufügen müssen, Lilly. Das hätte ich dir niemals angetan."

Ich schlucke. „Warum … hast du …?" *Mich gefingert? Mich geleckt?* Ich bringe die Worte nicht heraus.

Er scheint zu wissen, was ich fragen möchte.

„Du warst so verängstigt, als ich dich in dem Verhörraum gesehen habe. Ich konnte dich nicht beruhigen oder dir erklären, dass du mich nicht zu fürchten brauchst, sonst wäre unsere Tarnung aufgeflogen. Alles, was ich tun konnte, war, dir durch meine Berührungen zu beweisen, dass ich nicht vorhatte, dir wehzutun."

Seine Fingerkuppen streichen sanft über die Innenfläche meiner Hand. Sofort kehrt die Erinnerung daran zurück, wie er mich auf diese Weise zwischen meinen Beinen gestreichelt hat.

Es scheint ihm schwerzufallen, seinen Blick von mir loszureißen. Unwillig zieht er seine Hand von meiner zurück und konzentriert sich wieder auf den Verkehr. Mittlerweile befinden wir uns auf einer Landstraße am Rand von Moskau. Die Gegend ist heruntergekommen, es sieht aus wie ein ehemaliges Industrieviertel mit ein paar vernachlässigten Großgärtnereien. Ein einziger Wagen kommt uns entgegen, sonst ist die Straße leer.

„Wohin bringst du mich?"

„Der Treffpunkt ist gleich da vorn, am Ende der Straße. Wir haben es fast geschafft … verdammt!" Draco wirft einen Blick in den Rückspiegel. „Wir kriegen Gesellschaft."

Hastig sehe ich mich um. Hinter uns ist ein Wagen aufgetaucht.

„Militär?", frage ich unruhig.

Er schüttelt den Kopf. „Polizei." Draco zieht eine Pistole unter seinem Sitz hervor, entsichert sie und schiebt sie griffbereit zwischen die Sitze.

Im nächsten Moment ertönt die Polizeisirene hinter uns, der Wagen schießt an uns vorbei und zwingt uns, rechts ranzufahren.

„Sollten wir nicht versuchen, ihnen zu entkommen?", flüstere ich nervös, während zwei Polizisten aus dem Wagen steigen und auf uns zukommen.

„Dafür ist diese Karre nicht schnell genug", zischt Draco. „Es sind noch mindestens fünf Kilometer bis zum Treffpunkt, das schaffen wir nie."

Die Polizisten erreichen unseren Wagen.

„Bleib hier“, raunt mir Draco noch zu, dann steigt er aus.

Ich rutsche auf meinem Sitz nach vorn und beobachte, wie Draco mit den beiden Polizisten spricht. Er zieht eine Brieftasche hervor und zeigt ihnen einen Ausweis und die Fahrzeugpapiere.

Ein falscher Ausweis? Wow, er hat diese Flucht wirklich gut geplant! Einen Augenblick lang frage ich mich, wer diese geheimnisvolle Behörde ist, dieses Urban Warrior Corps, zu dem er gehört, und die so eine unmögliche Mission auf die Beine stellen kann. Wer wohl seine Kameraden sind, die bei dem Treffpunkt auf uns warten? Und wie wollen sie uns bei der Flucht helfen?

Der Polizist liest Dracos Papiere durch, alles scheint gut zu laufen, doch dann steckt der Polizist die Ausweise plötzlich ein, anstatt sie Draco zurückzugeben.

Mein Atem stockt.

Innerhalb von Sekunden schlägt die Stimmung um. Die Polizisten wollen Draco mitnehmen, offenbar ist irgendetwas mit den Papieren nicht in Ordnung. Draco diskutiert mit ihnen, doch als einer der Polizisten nach seiner Waffe greift, geht alles ganz schnell.

Draco versetzt dem Mann einen Faustschlag, bevor er die Pistole ziehen kann, und schickt ihn zu Boden. Ich presse erschrocken die Hand vor meinen Mund, um nicht zu schreien. Draco wirbelt herum, um sich den zweiten Polizisten vorzuknöpfen. Ich erwarte, dass er auch ihn problemlos erledigt, doch etwas geht schief.

Dracos Körper erstarrt in einer verkrampften Haltung, als hätte ihn ein Blitz getroffen, und fällt wie ein Stein zu Boden.

Mein Herz schlägt bis zum Hals. Hat der zweite Polizist etwa auf Draco geschossen? Ich habe keinen Schuss gehört! Ich verrenke mir den Kopf, um zu sehen, was passiert ist.

Draco liegt reglos am Boden, der zweite Polizist hält

eine Waffe auf ihn gerichtet, aber es ist keine Schusswaffe, es sieht aus wie … oh mein Gott, es ist ein Elektroschock-Gerät! Jetzt stürzt der zweite Polizist auf Draco zu, zieht die Handschellen von seinem Gürtel und will ihn fesseln.

Ich muss irgendetwas tun! Fieberhaft denke ich nach. Soll ich auf den Fahrersitz hinüberrutschen und versuchen, mit dem Wagen zu fliehen? Aber ich kann doch Draco nicht hierlassen!

Wird es mir gelingen, seine Kameraden zu alarmieren und mit Hilfe zurückzukommen? Wahrscheinlich hätte mich der Polizeiwagen auf halber Strecke eingeholt.

Verdammt, was soll ich bloß tun?

Da fällt mein Blick auf Dracos Pistole, die entsichert neben seinem Sitz steckt. Mir bleiben nur wenige Sekunden Zeit, gleich wird der Polizist mich zwingen, ebenfalls aus dem Wagen zu steigen und mich festnehmen.

Mit kalter Entschlossenheit greife ich nach der Waffe und steige aus.

# Kapitel 10

Der Polizist ist gerade dabei, Dracos Hände auf seinem Rücken zu fesseln, als ich hinter ihm auftauche.

Er wirbelt herum, will nach seiner Waffe greifen, doch ich richte die Pistole auf ihn. „Keine Bewegung!"

Der Russe versteht kein Wort, erstarrt aber. Die Pistole zittert in meiner Hand, aber ich reiße mich zusammen, ich darf jetzt keine Schwäche zeigen. Wir haben es fast geschafft, Dracos Freunde warten ganz in der Nähe auf uns, ich darf jetzt nicht versagen.

„Nehmen Sie ihm die Handschellen ab!"

Der Polizist starrt mich verwirrt an. Ich deute mit der Waffe auf Dracos Hände.

„Die Handschellen! Nehmen Sie sie ihm ab!"

Stellt sich der Mann nur dumm, oder kapiert er wirklich nicht, was ich von ihm will? Ich nehme eine Hand von der Waffe und deutete auf mein eigenes Handgelenk.

„Sie sollen ihm die -"

Doch der Polizist nützt den Moment und greift blitzschnell nach seiner eigenen Waffe.

Bevor ich weiß, was ich tue, drücke ich ab.

Der Knall hallt über die Landstraße, der Rückstoß reißt meinen Arm nach oben.

Mit einem Schrei lässt der Polizist seine Waffe fallen, krümmt sich auf dem Boden und umklammert seinen Unterschenkel. Auf seiner Hose erscheint ein Blutfleck, der immer größer wird.

Himmel, habe ich ihn tatsächlich getroffen? Jetzt zittern meine Hände noch stärker, ich kann die Waffe kaum noch halten.

Trotzdem richte ich sie auf den Mann, er zuckt zusammen, als ob er denkt, dass ich ihn erschießen werde.

Gut, soll er das nur glauben! Wenn er Todesangst hat,

ist er leichter zu lenken.

„*Nehmen Sie ihm die verdammten Handschellen ab!*“ Meine Stimme klingt schrill und überschlägt sich.

Jetzt hat er offenbar begriffen, dass ich es ernst meine. Mit bebenden Händen löst er Dracos Fesseln, während ich die Waffe des Russen in den Straßengraben kicke.

„Los! In den Wagen mit ihm, machen Sie schon!“ Ich deute mit der Pistole in Richtung des Kombis. Der Polizist begreift, was ich von ihm verlange, aber er zeigt auf sein angeschossenes Bein und redet auf Russisch auf mich ein.

Ich jage ihm einen Schuss direkt vor die Füße. Ich habe keine Zeit für Diskussionen, wir müssen hier so schnell wie möglich weg, und ich kann Draco niemals allein in den Wagen heben!

Der Polizist zuckt zusammen und verstummt.

„Jetzt heben Sie ihn endlich ins verdammte Auto!“ Ich halte die Waffe weiterhin auf ihn gerichtet, als der Russe mit schmerzverzerrtem Gesicht auf die Beine kommt, Dracos bewusstlosen Körper packt und ihn auf den Rücksitz des Kombis hievt.

Oh Gott, atmet Draco überhaupt noch? Meine Kehle schnürt sich vor Angst zusammen, als ich seinen reglosen Körper betrachte, aber ich habe keine Zeit, mich jetzt um ihn zu kümmern.

„Zurück zu Ihrem Wagen!“, fauche ich den Polizisten an und deute in Richtung des Polizeiwagens. „Bewegung, na los!“

Er humpelt vor mir her zu seinem Auto. Sein Kollege liegt noch immer bewusstlos auf dem Boden, dort, wo Draco ihn niedergeschlagen hat. Ich lasse den Mann einfach liegen und zwinge seinen Kollegen, den Kofferraum zu öffnen.

„Rein da, machen Sie schon!“

Der Mann begreift, was ich will, und seine Augen weiten sich vor Angst. Wahrscheinlich denkt er, dass ich ihn im Kofferraum erschießen werde. Er beginnt zu zittern, ich hasse es, ihm das antun zu müssen. Schließlich ist er ein Polizist, der bloß seine Arbeit macht! Aber ich kann nicht riskieren, dass er uns aufhält oder Verstärkung ruft. Ich muss uns einen Vorsprung verschaffen, ich habe keine Wahl.

Umständlich klettert er in den Kofferraum, versucht verzweifelt, Zeit zu schinden, bis ich ihn noch einmal anschreie, dass er sich beeilen soll. Er kauert sich im Kofferraum zusammen, den Kopf eingezogen, und streckt mir die Hände flehend und abwehrend entgegen.

„Ich will Sie doch gar nicht erschießen", murmele ich und trete neben den Kofferraum. „Tut mir leid wegen Ihrem Bein."

Dann schlage ich den Kofferraum zu.

Jetzt bleiben uns höchsten ein paar Minuten, bis der Polizist am Boden wieder zu sich kommt, oder jemand vorbeifährt und anhält. Ein paar Minuten, in denen wir es bis zum Treffpunkt schaffen müssen.

Ich renne zum Kombi, reiße die hintere Tür auf und fühle hastig Dracos Puls.

Gott sei Dank! Er lebt! Der Elektroschocker hat ihn nur außer Gefecht gesetzt. Erleichterung durchflutet mich, während ich mich so schnell wie möglich auf den Fahrersitz werfe und den Kombi mit quietschenden Reifen losjage.

Ich trete das Gaspedal durch, wir haben keine Zeit mehr, um uns unauffällig zu verhalten. Die Landstraße ist schnurgerade und ich halte verzweifelt nach einem möglichen Treffpunkt Ausschau. Warum hat mir Draco nicht gesagt, wo dieser blöde Treffpunkt genau ist?

Noch fünf Kilometer, hat er gesagt. Ich werfe einen Blick auf den Kilometerzähler. Wenn der Treffpunkt in irgendeiner alten Lagerhalle in einem dieser Industriegebäude ist, werde ich ihn nie finden.

„Verdammt, Draco, wach auf!"

Er rührt sich nicht. Ich rase weiter die Landstraße entlang, nach ungefähr drei Kilometern kommt uns das erste Fahrzeug entgegen, es ist ein LKW.

Meine Hände umklammern das Lenkrad noch fester, ich trete das Gaspedal bis zum Anschlag durch. Der LKW wird in wenigen Minuten den Polizeiwagen erreicht haben. Wenn der Fahrer anhält und die Polizisten Verstärkung rufen, dann wird es hier gleich von Einsatzkräften nur so wimmeln.

Himmel, wo ist nur dieser verfluchte Treffpunkt?

Noch eineinhalb Kilometer.

Noch ein Kilometer.

Fünfhundert Meter.

Ich halte die Augen offen, doch rechts und links von der Fahrbahn sind nichts als Gewächshäuser und eine alte Fabrik … plötzlich sehe ich ein Schild, das auf eine Seitenstraße hinweist, die von der Hauptstraße aus nach rechts abzweigt. Das Schild ist auf Russisch beschriftet, aber darauf ist ein Flugzeug abgebildet.

Das Symbol für einen Flughafen.

Könnte das …? Ich folge meinem Instinkt, reiße ich das Lenkrad herum und jage den Kombi in die Seitenstraße.

Wir rasen einen Maschendrahtzaun entlang, hinter dem ein altes Flugfeld liegt. Es scheint nicht mehr in Verwendung zu sein, wahrscheinlich wurde es früher für Frachtlieferungen benutzt. Ich sehe einen heruntergekommenen Hangar und ein niedriges Gebäude daneben, aber keine Menschen.

Oh Gott. Wenn ich mich geirrt habe, wenn das nicht der Treffpunkt ist, dann sind wir verloren.

Ich fahre weiter, an dem Hangar vorbei, und mein Herz bleibt fast stehen, als hinter dem Hangar ein Flugzeug in Sicht kommt. Es ist eine kleine Maschine, ein Jet, der am Beginn der Startbahn steht.

Mit laufenden Motoren.

Ein Mann steht mit verschränkten Armen davor und blickt in meine Richtung.

Vor Aufregung verpasse ich fast die Einfahrt in das Flughafengelände. Der Schranken ist heruntergelassen, ich rase mit dem Kombi einfach hindurch und zerschmettere den Balken, jage den Wagen über das Flugfeld direkt auf das kleine Flugzeug zu.

Als ich neben dem Jet anhalte, kommt der Mann auf mich zugelaufen. Ich lege meine Hand an die Pistole, die in meinem Rock steckt und springe aus dem Wagen, am ganzen Körper bebend.

„Sind Sie Dracos Freund?" Bescheuerte Frage.

Der Mann ist fast ebenso groß wie Draco, trägt unauffällige, abgetragene Kleidung und blitzt mich aus gefährlichen, grünen Augen an. Er hat Brandnarben auf seinem Gesicht, die ihn bedrohlich wirken lassen, und trägt einen dunklen Dreitagebart.

„Wo ist Draco?", fragt er dunkel.

Ich reiße die hintere Wagentür auf. „Er hat einen Elektroschock abbekommen. Die Polizei ist gleich hinter uns!"

Ohne zu zögern, ohne Fragen zu stellen, zieht der Mann Draco aus dem Wagen, schultert ihn und trägt ihn zum Flugzeug. Ich haste hinter ihm her, klettere in die Kabine und setze mich neben Draco, den der Mann in einem der Sitze abgelegt hat.

„Schnallen Sie ihn an", befielt er mir über die Schulter, schließt die Tür und nimmt seinen Platz im Cockpit ein. Sekunden später rollt der Flieger bereits über die Startbahn.

Ich werfe einen Blick aus dem Fenster, aber ich kann keine Polizeiwagen entdecken. Das Flugzeug wird immer schneller, und als wir schließlich vom Boden abheben, sinke ich vor Erleichterung in meinen Sitz zurück. Ich kann nicht fassen, dass wir es geschafft haben!

Dann beuge ich mich zu Draco und untersuche ihn mit zitternden Händen. Er atmet ruhig, sein Puls fühlt sich normal an. Er wird hoffentlich bald wieder zu sich kommen.

Ich schnalle mich los und gehe nach vorn ins Cockpit. Die Erdoberfläche fällt rasend schnell unter uns zurück, während der Pilot uns immer höher hinauf bringt.

„Wohin fliegen wir?“ Ich muss fast schreien, weil es im Cockpit so laut ist.

„In die Nähe der Grenze bei Terehova“, erwidert er. „Ich bleibe unter dem Radar, aber wenn ich die Grenze überfliege, dann klebt uns die Fliegerabwehr am Arsch. Deswegen müssen wir noch auf russischer Seite runter.“

„Und wie geht’s von dort weiter?“

„Wir werden von einem Kollegen abgeholt, der uns über die Grenze nach Lettland bringen wird. Wie geht es Draco?“

„Ich hoffe, dass er bald wieder zu Bewusstsein kommen wird. Wir wurden von einer Polizeistreife angehalten, Draco hat einen der Polizisten niedergeschlagen und der andere hat ihm einen Stromstoß verpasst.“

Der Mann stößt ein Knurren aus. „Verdammte Scheiße. Wie seid ihr davongekommen?“

„Ich habe den Polizisten angeschossen und ihn gezwungen, Draco in den Wagen zu heben. Dann habe ich den Polizisten in seinen eigenen Kofferraum gesperrt.“

Dracos Freund blickt mich ungläubig an. Dann zieht er langsam eine Augenbraue hoch.

„Nicht schlecht. Und ich dachte, Sie wären bloß eine PR-Assistentin aus Minnesota.“

Weiß hier etwa jeder über mich Bescheid?

„Mein Name ist übrigens Hawke.“ Er hält mir seine Hand hin. Sie fühlt sich stark und schwielig an.

„Lilly Bennett. Aber das wissen Sie ja sicher schon“, füge ich hinzu.

Hawke ignoriert meine Bemerkung. „Wo ist Ihr Kollege? Ich hatte erwartet, dass Sie zu dritt sein würden.“

„Cameron ist tot.“

„Verstehe. Tut mir leid.“

„Ich wäre auch tot, wenn Draco mir nicht geholfen hätte.“

„*Geholfen?* Wenn Sie mich fragen, hat er ein

verdammtes Wunder für Sie vollbracht! Ihretwegen war er drauf und dran, selbst als Verräter hingerichtet zu werden. Weiß der Teufel, wie er es geschafft hat, sich aus der Sache rauszureden und Sie obendrein auch noch unversehrt da rauszuholen."

Ich werfe einen Blick nach hinten auf Draco, der beginnt, sich in seinem Sitz zu regen.

„Er wacht auf!"

Hastig laufe ich zurück in die Kabine und setze mich an seine Seite. Er blinzelt und sieht mich verwirrt an. Instinktiv fährt seine Hand zum Gürtel, als würde er nach einer Waffe greifen.

„Suchst du die hier?" Ich ziehe die Pistole aus meinen Rock und halte sie ihm hin.

Er nimmt sie entgegen und mustert mich fragend.

„Alles klar bei dir?" Hawkes ernste Stimme ertönt aus dem Cockpit.

„Mir geht's gut", erwidert Draco, dann murmelt er: „Ich fühle mich, als hätte man mir mit einem Baseballschläger eins übergezogen. Was ist passiert?"

„Was ist das Letzte, woran du dich erinnerst?"

„Dass ich den Polizisten niedergeschlagen habe …"

„Sein Kollege hat dich mit einem Elektroschocker erwischt."

Dracos Miene versteinert. „Wie sind wir aus der Sache rausgekommen?"

„Ich habe ihn gezwungen, dich in den Wagen zu heben, und dann bin ich so schnell wie möglich hergefahren. Dass ich den Treffpunkt gefunden habe, war pures Glück. Du hättest mir wenigstens sagen können, wo wir hinfahren", füge ich ein bisschen vorwurfsvoll hinzu.

Draco untersucht seine Waffe. „Du hast sie nicht gesichert? Du hättest dich verletzen können." Dann runzelt er die Stirn. „Zwei Kugeln fehlen."

„Ich weiß. Die eine habe ich dem Polizisten vor die Füße gejagt, als Warnung, und die andere habe ich ihm ins Bein geschossen, als er dich nicht freilassen wollte."

Dracos Augen blitzen auf. „Du hast *was?*“

„Was hätte ich denn sonst tun sollen? Du warst bewusstlos und er war drauf und dran, uns beide festzunehmen. Ich hatte nicht gerade viele Wahlmöglichkeiten.“

„Was ist dann passiert?“

„Ich habe ihn gezwungen, dich in den Kombi zu heben und dann habe ich ihn in den Kofferraum seines Wagens gesperrt. Dann bin ich die Straße entlang gerast, und nach fünf Kilometern auf diesen Flugplatz gestoßen. Zum Glück hat Hawke hier schon auf uns gewartet.“

Draco starrt mich an, sprachlos und ungläubig. Dann, ohne Vorwarnung, greift er in meinen Nacken und zieht mich an sich. Seine Lippen drücken sich auf meine, zärtlich und voller Verlangen. Er küsst mich!

Meine Überraschung währt nur einen Augenblick, dann erwidere ich seinen Kuss und öffne meine Lippen für ihn. Seine Zunge dringt in meinen Mund ein, er umfasst mit beiden Händen mein Gesicht und hält mich fest, während er mich so zärtlich küsst, wie ich es von einem Mann wie ihm niemals erwartet hätte.

Seine Zunge umspielt meine, sanft und fordernd zugleich, und obwohl seine Berührung behutsam ist, lässt er mich seine zurückgehaltene Stärke erahnen.

Das Prickeln, das sein Kuss in mir auslöst, schießt durch meinen gesamten Körper. Ich schmiege mich an ihn, suche seine Nähe, während seine Finger sich in mein Haar schlingen. Seine Lippen sind so weich und warm, ich fühle mich, als würde ich schweben. Sein Bart kratzt ein wenig auf meiner Haut, aber ich sehne mich nach mehr, sein Kuss ist wie ein verlockendes Versprechen.

Er löst seine Lippen von meinen, hält mein Gesicht dicht bei seinem und lehnt seine Stirn gegen meine.

„Du hast mir das Leben gerettet“, flüstert er, ohne die Augen zu öffnen.

„Ja, und du hast noch ein paar Mal gut, bevor wir quitt sind“, erwidere ich atemlos.

Er schmunzelt, dann hebt er den Kopf. Seine eisblauen Augen funkeln.

„Du fühlst ja doch etwas“, murmele ich, bevor ich mich zurückhalten kann.

Er blinzelt fragend.

„Deine Augen … sie sind immer so, ich weiß nicht … *verschlossen*. Es ist beängstigend, weil ich nie weiß, was in dir vorgeht. Am Anfang habe ich mich gefragt, ob du überhaupt Gefühle hast“, gebe ich entschuldigend zu.

„Und was denkst du jetzt über mich?“, fragt er leise. Das Glühen in seinen Augen verschlägt mir die Sprache.

Ich räuspere mich. „Ich weiß nicht“, flüstere ich. „Ich glaube, du …“

Ein wissendes Lächeln kräuselt sich in seinen Mundwinkeln, dann küsst er mich erneut. Diesmal ist sein Kuss nicht mehr sanft und forschend, sondern intensiver. Seine Zunge dringt in meinen Mund ein, ich spüre sein forderndes Verlangen. Mein Körper reagiert, wird weich und anschmiegsam, ich lege meine Hände auf seine Brust und berühre mit meinen Fingerspitzen seinen Hals.

Wie sehr ich mir wünsche, seinen ganzen Körper streicheln zu dürfen! Wenn Hawke nicht hier wäre, würde ich ihm jetzt das Hemd über den Kopf ziehen und über seine mächtigen Muskeln streichen, würde jeden Zentimeter seines Körpers erkunden, so wie er meinen erkundet hat.

Draco muss spüren, was in mir vorgeht, denn als er unseren Kuss unterbricht, sind seine Augen dunkel vor Leidenschaft. Seine Hand löst sich von meinem Nacken und streicht zärtlich über meine Brust. Ich erschauere unter seiner Berührung, meine Brustwarze wird hart und drängt sich ihm entgegen.

„Wir sind nicht allein“, murmele ich, obwohl ich mir nichts sehnlicher wünsche, als dass er mit seinen Liebkosungen fortfährt.

„Zum Teufel mit Hawke“, knurrt er rau. „Ich würde dir am liebsten die Kleider vom Leib reißen und dich hier und jetzt nehmen."

Seine Worte schießen direkt zwischen meine Beine. Ich fühle die Hitze, die in mir aufsteigt, das Verlangen, mich ihm hinzugeben, seinen mächtigen Körper über mir zu spüren.

Die Vorstellung, dass Draco in mich eindringt, erregt mich und macht mir gleichzeitig Angst. Ich weiß, wie stark er ist. Wird er mir wehtun? In dem Verhörraum sind seine Berührungen zärtlich gewesen, und obwohl ich vollkommen wehrlos war, hat er mir keine Schmerzen zugefügt. Sicherlich würde er ebenso behutsam mit mir umgehen, wenn wir wirklich miteinander schlafen … oder nicht?

Draco lässt sich mit einem frustrierten Knurren in den Sitz zurückfallen. Seine Finger verschlingen sich mit meinen, er lässt mich nicht mehr los und starrt nach vorn.

„Hey, Hawke! Wie lange noch bis Terehova?"

„Fünfundvierzig Minuten", ertönt die Antwort aus dem Cockpit.

„Großartig", brummt Draco und schenkt mir ein kleines, gequältes Lächeln. „Fünfundvierzig Minuten in der Hölle." Ich spüre seine mühevolle Zurückhaltung und das Verlangen, das darunter brennt. Mein Blick flackert über seine Hose, unter der sich seine Erektion abzeichnet.

Er bemerkt meinen Blick und lehnt sich zu mir. Dann zieht er meinen Kopf zu sich, presst einen Kuss auf mein Haar und atmet meinen Duft tief ein. „Warum bist du überrascht? Du weißt doch, wie sehr ich dich begehre", raunt er, ohne mich loszulassen.

*Weiß ich das?*

„Wenn du mich so sehr willst, warum hast du mich dann nicht … dazu gezwungen?", flüstere ich. „Du hattest die Möglichkeit und das Recht dazu."

„Ich stehe nicht darauf, einer wehrlosen Frau Gewalt anzutun. Das ist etwas für Schwächlinge wie Cameron, die sich dadurch ihre Männlichkeit beweisen wollen." Er schüttelt verächtlich den Kopf. Als er weiterspricht, klingt seine Stimme rauer. „Ich wünsche mir, dass du aus freien Stücken zu mir kommst. Weil du es willst, nicht, weil ich dich dazu zwinge."

Meine Hand gleitet über seine Brust. Ich fühle seine harten Muskeln unter dem Stoff, das kräftige Sixpack. Er zieht scharf die Luft ein, als ich über seinen Gürtel und dann über seine Erektion streiche.

Ich beginne, ihn durch den Stoff hindurch zu liebkosen. Draco lehnt sich zurück und schließt für einen Moment die Augen, erlaubt es sich, für einen Augenblick meine Berührung zu genießen. Als ich beginne, seine Hose zu öffnen, packt er blitzschnell mein Handgelenk. „Was ist mit Hawke?"

„Vergiss Hawke …"

# Kapitel 11

Er lässt mein Handgelenk los, die Überraschung in seinem Gesicht wandelt sich zu Erregung.

Ich ziehe seinen Reißverschluss auf, sein schwarzer Slip kommt zum Vorschein, und darunter seine stattliche Erektion. Ganz langsam streiche ich mit meinen Fingern über den Stoff, Dracos Blick ist auf meine Hand gerichtet, während er sich im Sitz zurückdrängt und heftiger atmet.

Kann eine so harmlose Berührung von mir ihn wirklich dermaßen erregen?

Ganz langsam ziehe ich den Stoff über seinen Schaft hinunter. Er ist wie alles an Draco, mächtig und wunderschön. Ich berühre seine Eichel, streiche sanft darüber, bis ein Tropfen aus seinem Schlitz tritt. Ich verreibe ihn, lasse meine Finger um seine Eichel kreisen, dann gleite ich langsam seinen Schaft entlang nach unten. Seine Haut ist so glatt und samten, die Adern treten sichtbar hervor. Ich lasse meine Finger ein paar Mal seine Länge auf- und abgleiten, bis sein Schwanz zu zucken beginnt, dann umfasse ich ihn mit meiner Hand. Ich packe fest genug zu, aber nicht zu fest, und beginne, ihn zu reiben.

Draco legt den Kopf in den Nacken und stöhnt leise. „Du bringst mich gerade um den Verstand."

„Nein", flüstere ich. „Noch nicht einmal annähernd."

*Oh Gott, was mache ich da? So bin ich normalerweise gar nicht!*

Draco weckt eine leidenschaftliche, starke Seite in mir, die ich nicht kenne. Zu sehen, wie er auf meine Berührungen reagiert, gibt mir das Gefühl, Macht über diesen tödlichen Mann zu haben. Es ist ein Rausch, der mich vollkommen überwältigt, und ich will dieses Gefühl der Überlegenheit auskosten.

Ich werfe einen raschen Blick nach vorn, um mich zu

vergewissern, dass Hawke noch im Cockpit sitzt und wir wirklich ungestört sind. Dann sehe ich Draco mit einem verruchten Augenaufschlag an und beuge mich über ihn.

Draco darf sich nicht rühren, weil Hawke sonst mitkriegt, was hier in der Kabine passiert. Ihm bleibt nichts anderes übrig, als still und reglos in seinem Sitz zu verharren und meine süße Folter über sich ergehen zu lassen.

Ich stupse neckisch mit meiner Zunge gegen seine Eichel und puste meinen kühlen Atem darauf. „Siehst du, ich brauche keine Fesseln, damit du mir ausgeliefert bist", flüsterte ich.

Jetzt bin ich es, die die Kontrolle über *ihn* hat.

Seine Augen glühen. Seine kräftige Hand fasst meinen Hinterkopf und seine Finger verschlingen sich besitzergreifend in mein Haar. „Du darfst jederzeit über mich verfügen, meine Schöne", knurrt er heiser.

Die Vorstellung, die einzige Frau zu sein, die seinen schönen, starken Körper genießen darf, macht mich ungemein an. Ich umschließe seine Eichel mit meinen Lippen, lasse meine Zunge um sein Fleisch kreisen und umfasse gleichzeitig die Wurzel seines Schafts. Er beginnt, unkontrolliert zu zucken, ich höre Draco verhalten stöhnen.

Seine Hand krallt sich in meinem Haar fest, aber er versucht nicht, meinen Kopf zu bewegen, sondern überlässt die Kontrolle mir. Langsam gleite ich mit meinen Lippen an seinem Schaft hinunter, benetze ihn mit meiner Zunge und reibe behutsam mit meinen Lippen daran auf und ab. Dabei sauge ich vorsichtig, es scheint Draco verrückt zu machen, sein ganzer Körper spannt sich an und seine freie Hand ballt sich zu einer Faust.

Obwohl ich die mächtige Kraft hinter seiner Anspannung spüre, hält er sich zurück, seine Hand auf meinem Hinterkopf verkrampft sich zwar, bleibt aber nachgiebig und passt sich meinen Bewegungen an.

Ich beuge mich weiter über ihn, nehme ihn ganz in

meinen Mund auf. Er ist so groß, dass ich achtgeben muss, nicht zu würgen. Dann beginne ich, fester zu saugen und bewege meinen Kopf auf und ab, zuerst quälend langsam, dann in einem immer schnelleren Rhythmus. Ich spüre, wie er immer härter wird, höre Draco über mir unterdrückt keuchen und weiß, dass er kurz vor der Explosion steht.

Ich richte mich auf, umfasse seinen Schwanz mit meiner Hand und reibe ihn. Draco bäumt sich im Sitz auf, ich fühle, wie sein Schwanz zuckt, als er kommt, und Augenblicke später schießt sein Samen heraus.

Als er ermattet in den Sitz zurücksinkt, streichle ich zärtlich über seinen Schaft und blicke zu ihm auf. Seine Lider sind halb gesenkt, er mustert mich aus diesen eisblauen Augen, die mir plötzlich so viel dunkler erscheinen.

„Böses Mädchen", knurrt er rau.

Ich grinse und reiche ihm ein paar Servietten aus dem Fach neben meinem Sitz. „Fair ist fair. Jetzt steht es wenigstens schon eins zu zwei für mich."

Er säubert sein Hemd und richtet dann wieder diese glühenden Augen auf mich. „Warum hast du das getan?", fragt er nach einer Weile leise.

Was für eine merkwürdige Frage.

*Weil du der umwerfendste Mann bist, der mir je begegnet ist.*

„Weil ich es wollte", sage ich.

Er sieht skeptisch aus. „Nicht etwa, weil ich dein Foltermeister war? Du warst mir ausgeliefert, es ist eine natürliche psychische Reaktion, wenn du das Gefühl hast, du müsstest mir gefallen, um mich milde zu stimmen."

Ich runzele die Stirn. „Was ist das für ein Unsinn? Wir sind nicht mehr in dem Bunker, ich bin nicht mehr deine Gefangene."

„Posttraumatisch gesehen schon. Deine Psyche denkt noch immer, dass dein Leben in meinen Händen liegt. Es könnte sein, dass du deshalb Dinge tust, die du unter normalen Umständen nicht …"

Ich schüttele so heftig den Kopf, dass er verstummt.

„Vielleicht werde ich unter posttraumatischem Stress leiden, wenn ich wieder zu Hause bin. Wer würde das nach so einem Erlebnis nicht? Aber was ich gerade getan habe …“ Ich lasse meine Finger über seinen Penis gleiten. „… habe ich getan, weil ich es wollte. Weil ich dich will. Und zwar nicht, weil ich deine Gefangene war und du mein Leben verschont hast. Ich wollte dich schon, als ich dich bei der Konferenz gesehen habe, ich wusste es nur noch nicht. Diese Art von Begehren … ich habe so etwas noch nie empfunden.“ Ich werde über und über rot bei meinem Geständnis und starre hinunter auf meine Hand, die immer noch seinen Penis streichelt.

Er nimmt meine Finger sanft in seine, dann knöpft er seine Hose zu.

„Es ist intensiv, nicht wahr?“, nickt er.

Ich blinzele ihn verwirrt an.

„Ich empfinde genauso“, sagt er leise. „Ich wollte dich vom ersten Moment an, als ich dich in der Eingangshalle bei der Konferenz gesehen habe. Ich wollte dich so sehr, dass ich meine Mission gefährdet und mein Leben aufs Spiel gesetzt habe, um dich zu beschützen. Ist das nicht verrückt?“

Ich nicke atemlos. Mein Herz schlägt immer schneller, ich bin sicher, er kann es hören.

Gesteht er mir gerade, dass er etwas für mich empfindet? Draco, der Drache, der tödliche Mann mit den eiskalten Augen, empfindet etwas für mich? Etwas, das seine Augen zum Glühen bringt und ihn sein Leben für mich riskieren lässt? Ich glaube, mein Herz zerspringt gleich vor Freude.

Hawkes Stimme ertönt kurze Zeit später aus dem Cockpit. „Anschnallen, Leute, wir gehen runter!“

Als der Jet in den Sinkflug übergeht, werfe ich einen Blick aus dem Fenster. Unter uns sind nichts als grüne Wälder, Wiesen und Felder.

„Das könnte gleich ein bisschen holprig werden!“, ruft

Hawke zu uns nach hinten.

Meine Hand umklammert nervös Dracos Arm. „Er wird doch nicht mitten auf der Wiese landen, oder?“

„Landebahn gibt’s hier jedenfalls keine“, knurrt Draco. Er zieht mich in seine Arme und birgt schützend meinen Kopf an seiner Brust. Ich halte mich an ihm fest und erwarte bebend die Landung.

Der Aufprall ist so hart, dass ich in Dracos Armen durchgerüttelt werde. Der Jet schießt holpernd über ein Feld, mein ganzer Körper verkrampft sich, Sauerstoffmasken fallen von der Decke. Draco hält mich fest an sich gedrückt. Obwohl wir gerade eine Bruchlandung mit einem Flugzeug hinlegen, fühle ich mich in seinen Armen sicher … ist das verrückt?

Das heftige Rumpeln wird schwächer, der Flieger wird langsamer und bleibt schließlich stehen. Ich atme tief durch. Hawke kommt aus dem Cockpit zu uns und öffnet die Seitentür des Flugzeugs.

„Ich dachte, du wärst Pilot?“ Draco grinst Hawke an. „Der Vogel ist ja wie ein Stein vom Himmel gefallen.“

„Halt bloß die Klappe, wir sind noch in einem Stück, oder etwa nicht?“, erwidert Hawke ärgerlich.

„Wo genau sind wir?“, frage ich, als wir aus dem Jet aussteigen und knöcheltief in die Erde eines umgegrabenen Felds sinken. Meine Knie zittern noch von dem Aufprall, ich würde mich gern an Draco festhalten. Ich spüre, wie ich unwillkürlich seine Nähe suche und es erschreckt mich, wie sehr ich mich nach seiner Stärke sehne.

*Was ist nur mit dir los, Lilly?*

„Zwanzig Kilometer von der lettischen Grenze entfernt“, erklärt Hawke, aktiviert einen digitalen Kompass auf seiner Armbanduhr und marschiert los. „Diese Richtung. Remus wartet schon auf uns.“

„Wir lassen den Jet einfach hier stehen?“ Ich muss mich beeilen, um mit den beiden großen Männern Schritt zu halten.

„Wir haben ihn uns von einem amerikanischen Attaché *geliehen*“, sagt Hawke mit einem gefährlichen Lächeln. „Irgendjemand wird den Jet finden und seinem Besitzer zurückbringen.“

„Ist die Polizei nicht längst auf der Suche nach dem Flieger?“, frage ich verwundert.

Hawke schüttelt den Kopf. „Befehl von ganz oben. Unsere Einheit darf über U.S.-Bundeseigentum verfügen, wenn die Mission es erfordert. Das inkludiert auch den Jet eines Diplomaten.“

„Habe mich schon gewundert, wo ihr die Maschine herhabt“, murmele ich.

Wir durchqueren ein Waldstück und erreichen eine Forststraße. Dort steht eine Rostlaube von Auto. Ein großer, dunkelhaariger Mann in abgetragener Jeans und Pulli lehnt an der Motorhaube. Als er uns sieht, stößt er sich ab und schlendert in unsere Richtung.

Er hat schulterlange, dunkle Locken und funkelnde braune Augen. Seine Lippen kräuseln sich zu einem charmanten Lächeln, als er mich ansieht. Objektiv betrachtet ist er sehr attraktiv, selbst in den Lumpen, die er trägt, doch in meinen Augen reicht niemand an Draco heran.

Etwas zieht sich in meinem Innern zusammen, als mir schlagartig klar wird, wie sehr ich Draco will. Keinen anderen, nur Draco.

Seit wir den Jet verlassen haben, wünsche ich mir die ganze Zeit, ihn zu berühren, seine Hand zu halten und ihm nahe zu sein. Doch er geht schweigend neben mir her, ohne mich anzufassen.

„Ms Bennett, das ist Remus.“ Hawke stellt uns vor. Der langhaarige Mann schenkt mir ein sympathisches Lächeln und entblößt dabei eine Reihe perfekter Zähne. Wäre er kein Agent wie Draco, könnte er als Model arbeiten.

„Lilly, bitte“, murmele ich.

Remus schüttelt mir die Hand, dann klopft er Draco auf die Schulter. „Tut mir leid wegen deiner Zielperson,

Mann."

„Ich habe Remus schon vom Jet aus über alles informiert", erklärt Hawke kurzangebunden, während sein Blick prüfend über den Umgebung schweift. „Jetzt lasst uns abhauen, das ist kein Sonntagsausflug."

Er setzt sich auf den Beifahrersitz, Remus übernimmt das Steuer und Draco und ich zwängen uns auf die Rückbank. Weil Draco so groß ist, drängt sich sein Oberschenkel im Sitzen gegen meinen. Ich könnte weiter zur Seite rutschen, um ihm auszuweichen, tue es aber nicht. Dafür genieße ich seine körperliche Nähe viel zu sehr.

Während der Fahrt reicht uns Remus Ausweise nach hinten, es sind deutsche Reisepässe. Verwirrt starre ich auf das Foto – *mein Foto* – und den Namen daneben. Magdalena Schneider. Ich schiele zu Draco hinüber, er hält ein ebensolches Exemplar in seinen Händen, neben seinem Foto prangt der Name Andreas Reicher. Die Pässe sehen verdammt echt aus.

„Woher … habt ihr …?", stotterte ich verblüfft.

„War nicht einfach, innerhalb von vierundzwanzig Stunden diesen Pass für dich aufzutreiben." Remus grinst mir im Rückspiegel zu. „Als Draco uns informiert hat, dass man dich ebenfalls gefangengenommen hatte, mussten wir uns rasch etwas einfallen lassen. Es war geplant, Cameron Kinkirk zu befreien, niemanden sonst." Sein wissender Blick flackert zu seinem großen, schweigsamen Kameraden an meiner Seite. „Als Draco klargestellt hat, dass er nicht ohne dich fliehen wird, mussten wir Himmel und Hölle in Bewegung setzen. Du warst nicht sein Auftrag, sondern Cameron."

„Diese Aktion hätte dich den Kopf kosten können, Bruder", knurrt Hawke in Dracos Richtung.

Dracos Augen blitzen Hawke warnend an.

„Ist das wahr?", flüstere ich leise. Ich kann mich nicht zurückhalten, ich umfasse Dracos Hand. Dankbarkeit durchströmt mich, als mir klar wird, dass er mich genausgut in dem Bunker hätte verrotten lassen können. Ich beginne, zu zittern, meine Augen füllen sich sogar mit Tränen.

Verdammt, warum muss ich jetzt vor den Männern losheulen?

Dracos dunkler Blick richtet sich auf mich. Ich erwarte, dass er mir seine Hand entzieht, doch als er merkt, wie sehr ich zittere, zieht er mich stattdessen an sich.

Überrascht lasse ich es geschehen. Er drückt mich an seine Brust, seine starken Arme beschützend um mich geschlungen, und streichelt zärtlich über meinen Kopf.

Dann drückt er seine Lippen in mein Haar.

„Ich hätte dich um nichts in der Welt in diesem Bunker zurückgelassen“, flüstert er rau.

Neben seinem mächtigen Körper fühle ich mich zerbrechlich, ich verschwinde beinahe in seiner Umarmung. Aber ich fühle mich sicher, beschützt.

Stille Tränen der Erleichterung laufen über meine Wangen, während die Anspannung und die Angst langsam von mir abfallen. Draco streichelt mich zärtlich, beruhigend, es scheint ihm gleichgültig zu sein, dass seine Kameraden uns beobachten.

Ich löse mich erst aus Dracos Armen, als wir uns dem Grenzübergang nähern. Dabei bemerke ich, dass Remus Draco mustert. Die schmalen Augen des langhaarigen Kriegers ruhen mit einem merkwürdigen, nachdenklichen Ausdruck auf seinem Kameraden.

Doch ich habe keine Zeit, um darüber nachzudenken, denn wir erreichen den Grenzposten und müssen uns ausweisen. Schweigend reicht Remus dem russischen Grenzbeamten unsere vier Pässe. Auch er und Hawke haben deutsche Ausweise, ich bete, dass der Russe keinen Verdacht schöpft.

Ich halte den Atem an, während der Beamte unsere Pässe prüft. Dracos Hand schließt sich um seine Waffe, die versteckt unter seinem Oberschenkel liegt.

Um Himmels Willen, er wird sich doch keine

Schießerei mit der russischen Grenzpolizei liefern wollen?

Mein Herz hämmert heftig, ich halte den Blick gesenkt und hoffe verzweifelt, dass der Mann uns passieren lässt. Endlose Sekunden vergehen, dann winkt er uns tatsächlich durch.

Wie erstarrt halte ich Dracos Hand umklammert, während wir die russische Grenze passieren und uns dem Grenzposten auf lettischer Seite nähern. Der Beamte wirft einen kurzen Blick auf unsere deutschen Pässe und lässt uns weiterfahren.

Remus drückt aufs Gas, wir befinden uns in Lettland und die russische Grenze fällt immer weiter hinter uns zurück. Wir haben es geschafft!

Erleichtert sinke ich im Sitz zusammen. Ich zittere noch immer ein wenig, ich kann kaum glauben, dass wir in Sicherheit sind.

„Gut gemacht.“ Draco nickt seinen Kameraden anerkennend zu.

Remus lenkt den Wagen auf einen nahegelegenen Rastplatz. Dort wartet ein brandneuer Geländewagen mit verdunkelten Scheiben auf uns.

„Ich hätte euch auch mit diesem Baby abholen können, aber die alte Karre war unauffälliger“, erklärt Remus, während wir in den Geländewagen umsteigen. „Bloß kein Aufsehen erregen.“ Er zwinkert mir zu.

„Ich kann noch immer nicht glauben, dass wir es über die Grenze geschafft haben“, murmele ich, während ich neben Draco auf die Rückbank klettere.

„Bestimmt hat die Polizei euren Kombi am Flugfeld gefunden“, sagt Remus. „Sie haben wohl die Luftraumüberwachung informiert, aber sie rechnen nicht damit, dass wir die Grenze mit dem Auto überqueren. Die Armee hat bestimmt Straßensperren in ganz Moskau errichtet, aber sie halten es sicher nicht für möglich, dass ihr eine knappe Stunde nach eurer Flucht bereits mit dem Auto die Grenze zu Lettland erreicht.“ Er grinst mich an. „Deswegen die umständliche Umsteigerei. Wir mussten sie austricksen."

Ich beuge mich nach vorn und lege meine Hand auf die Lehne von Remus' Sitz. Der Krieger wirft mir einen Blick über die Schulter zu.

„Danke", sage ich leise und dann flackert mein Blick scheu zu Hawke hinüber. Sein finsterer Gesichtsausdruck schüchtert mich ein. „Für alles."

„Danken Sie lieber Draco", schmunzelt Remus und wendet sich wieder dem Verkehr zu.

Ich lehne mich zurück und umfasse Dracos Hand. Er hat mich die ganze Zeit über schweigend beobachtet, auch jetzt ruhen seine eisblauen Augen nur auf mir.

„Ich …", beginne ich, doch mir fehlen die Worte. Wie soll ich mich bei einem Mann bedanken, der so viel für mich riskiert hat? Der mich beschützt und gerettet hat, und sogar gegen seine Befehle gehandelt hat, um mich in Sicherheit zu bringen? Meine Stimme versagt, ich suche verwirrt nach den richtigen Worten. Da legt Draco seine Hand in meinen Nacken, zieht mich zu sich heran und küsst mich zärtlich auf den Mund.

Die Schmetterlinge in meinem Bauch explodieren, mein ganzer Körper steht unter Strom. Ich lege all meine Dankbarkeit und meine Gefühle für diesen Mann in diesen Kuss, und hoffe, dass er spürt, was ich für ihn empfinde.

Als er seine Lippen von meinen löst und mich an seine Brust zieht, schlägt mein Herz noch immer wie verrückt. „Schon gut, meine Schöne", murmelt er rau. „Ich weiß."

Ich umarme ihn und drücke mich an seinen Körper. Er rückt ein wenig zur Seite, damit ich es bequemer habe, und streichelt sanft über meinen Rücken.

„In knappen vier Stunden werden wir Riga erreichen", ertönt Remus' Stimme von vorn. „Von dort geht's mit dem Flieger über Frankfurt zurück nach L.A."

„Klingt großartig", murmele ich an Dracos Brust.

„Versuch, ein wenig zu schlafen", flüstert er und schließt seine Arme fester um mich. Die Geborgenheit seiner Nähe umhüllt mich wie eine schützende Decke. Ich schließe die Augen, atme seinen Duft ein und genieße das Gefühl seiner starken, muskulösen Arme, die mich festhalten.

# Kapitel 12

Ich muss tatsächlich in Dracos Arme eingeschlafen sein, denn ich erwache erst, als er mir sanft über die Wange streicht.

„Wir sind da“, flüstert er, als ich verwirrt blinzele.

Wir befinden uns am Flughafen von Riga, Remus hat den Wagen in der Nähe des Eingangs geparkt. Er und Hawke warten bereits draußen auf uns.

Draco steigt aus und bietet mir seine Hand. Mein Herz pocht heftiger, als er neben seinen Waffenbrüdern das Flughafengebäude betritt und meine Hand dabei fest in seiner hält.

Remus hat unsere Tickets, es geht alles problemlos und schnell. Kurze Zeit später sitze ich neben Draco im Flieger nach Frankfurt, Remus und Hawke in der Reihe vor uns.

„Ich hätte nichts dagegen, mich für deine *Betreuung* während des letzten Flugs zu revanchieren.“ Dracos Augen blitzen, seine Finger streicheln zärtlich über meine Handfläche. Die Berührung erregt mich, ich wünsche mir, er würde mich überall so streicheln.

„Das ist ein Linienflug“, flüstere ich. Obwohl mindestens hundert Passagiere an Bord sind, spüre ich, dass ich feucht werde - nur von der Art, wie Draco mich ansieht, und durch das provokante Kreisen seiner Fingerspitzen auf meiner Handfläche.

Er neigt sich zu mir. „Irgendwann werden wir landen“, flüstert er in mein Ohr. Seine Stimme jagt mir einen lustvollen Schauer über den Rücken. „Dann werde ich endlich mit dir allein sein.“

Seine Lippen streifen über meine Wange, ich spüre das Kratzen seines Barts auf meiner Haut. Die Hitze seines Körpers strahlt mir entgegen, ich fühle, dass meine Nähe ihn erregt.

Ich ziehe meine Hand zurück und streife dabei wie zufällig den Reißverschluss seiner Hose. Darunter spüre ich seinen harten Schaft.

Er funkelt mich warnend an, ich schmunzele frech.

„Fordere mich nicht heraus, meine Schöne", knurrt er. Seine Hand schließt sich um meinen Nacken, so dass ich mich nicht von ihm zurückziehen kann. Er hält mich fest, zwingt mich mühelos, bei ihm zu bleiben. Gleichzeitig beginnen seine Augen, vor Verlangen zu glühen.

Mein Herz pocht. Ich würde es Draco zutrauen, mich hier zu nehmen, unter den Augen der schockierten Passagiere. Seltsamer Weise turnt mich diese Vorstellung an.

„Und wenn ich es doch tue? Sag mir, was du dann mit mir machen wirst", flüstere ich und halte seinem leidenschaftlichen Blick stand.

„Ich werde dich in den Gang hinausstoßen, deinen Rock hochschieben und deine Beine spreizen", erwidert er heiser. „Ich werde dein Becken packen, während ich von hinten in dich eindringe, und ich werde dich ficken, bis du mich ebenso begehrst, wie ich dich begehre."

Seine Worte schießen direkt zwischen meine Beine. Glühende Hitze breitet sich in mir aus und ich sehe, dass Draco unter der Jeans noch härter wird.

„Woher willst du wissen, dass ich dich nicht schon jetzt so sehr begehre?"

Seine Augen werden vor Leidenschaft dunkler. „Tust du das?"

Ich nähere meine Lippen seinem Mund, bis ich ihn fast berühre. „Mehr, als du ahnst."

Er kann mir nicht widerstehen, seine Lippen drücken sich auf meine, verlangend und fordernd nimmt er meinen Mund in Besitz. Seine Zunge stößt in meinen Mund, ich spüre, wie sehr er sich zurückhalten muss, um seine Worte nicht wahr zu machen. Bei der Vorstellung zieht sich mein Unterleib zusammen, voller Vorfreude und auch ein wenig ängstlich, weil ich immer noch nicht weiß, ob er mir wehtun wird.

Sein Atem ist heiß an meinem Gesicht, als er sich von mir löst und mit geschlossenen Augen seinen Kopf an meinen lehnt. Sein Bart reibt über meine Haut, sein Duft vernebelt meinen Verstand.

„Was tust du mir da an?“, flüstert er mit rauer Stimme.

Dann zieht er mich an sich, und in seiner Umarmung liegt so viel mehr als reines sinnliches Begehren.

Er hält *mich* fest – als ich das begreife, verschlägt es mir den Atem. Ist es möglich, dass dieser eiskalte Krieger mich in sein Herz gelassen hat?

Ein paar Stunden später steigen wir in Frankfurt um und sitzen schließlich – endlich – im Flugzeug nach L.A.

Ich bin so erschöpft, dass ich kaum einen Bissen runterbringe, obwohl ich halb verhungert bin. Die Angst und die Anspannung, die ich durchgestanden habe, scheinen über mir zusammenzubrechen und mich unter sich zu begraben.

Draco schiebt die Armlehne zwischen uns hoch und bietet mir an, in seinen Armen zu schlafen. Wie könnte ich so einer Einladung widerstehen! Ich schmiege mich an seinen stählernen Körper, seine Hände streicheln sanft über meinen Kopf und meinen Rücken. Binnen weniger Minuten bin ich tief und fest eingeschlafen.

Ich schlafe fast den ganzen Flug durch und erwache erst, als der Pilot die Landung ankündigt.

Ein kleines Lächeln erscheint auf Dracos Lippen, als ich ihn anblinzele. Hat er sich etwa während der ganzen Zeit nicht von der Stelle gerührt, um meinen Schlaf nicht zu stören?

„Wie fühlst du dich?“ Sanft streicht er mir eine Haarsträhne aus der Stirn. Seine Berührung und die Wärme in seinen Augen scheinen mir plötzlich so intim, dass mein Herz heftig zu pochen anfängt. Seine Aufmerksamkeit gilt nur mir, er spricht so leise, dass nur ich ihn hören kann.

„Viel besser." Ich möchte mich gar nicht aufrichten, ich fühle mich warm und geborgen in seinen Armen. Erst als die Flugbegleiterin mich zum zweiten Mal darauf hinweist, dass ich mich anschnallen soll, weil die Landung kurz bevorsteht, rücke ich seufzend zurück auf meinen eigenen Sitz.

Draco streckt sich raubtierhaft. Hat er sich wirklich über zehn Stunden lang nicht bewegt? Meinetwegen?

„Tut mir leid. War ich zu schwer?", frage ich schuldbewusst.

Er lächelt mich an. „Meine Schöne, du wiegst gar nichts. Aber meine Beine sind definitiv zu lang für diese verdammten, engen Sitze."

Nach der Landung in L.A. sind Hawke und Remus bereits auf dem Weg zum vorderen Ausgang der Maschine, während uns eine dicke Frau den Weg versperrt, die umständlich versucht, eine überdimensionale Tasche aus dem Ablagefach zu hieven.

„Geh schon vor, ich bin gleich hinter dir", raunt Draco mir zu, während er bereits mit einer Hand nach der Tasche der Frau greift und sie mühelos herunterzieht.

Ich schlüpfe an der Passagierin vorbei, die sich überschwänglich bei Draco für seine Hilfe bedankt, und schließe zu Remus und Hawke auf.

„Die Kleine hat unseren Drachen gezähmt", höre ich Remus sagen. „Hast du gesehen, wie er sie anschaut?"

„Ich habe gesehen, wie er sie in seinen Armen gehalten und ihren Schlaf bewacht hat, bereit, jedem den Kopf abzureißen, der ihr zu nahe kommt", erwidert Hawke. „Ich kenne Draco schon sehr lange, aber so habe ich ihn noch nie erlebt."

Offenbar haben mich die beiden nicht bemerkt. Ich halte den Atem an, während Remus leise lacht. „Ich dachte immer, unser Russe hätte ein Herz aus Eis."

„Offenbar hat sie es in Flammen gesetzt."

Ich schlüpfe unbemerkt in eine Sitzreihe und lasse die

Passagiere hinter mir vorbei. Ich möchte auf keinen Fall, dass die beiden Krieger mitbekommen, dass ich ihr Gespräch belauscht habe.

Mein Herz schlägt jedoch vor Freude so heftig gegen meine Brust, als wollte es herausspringen.

Wir werden am Flughafen von zwei weiteren Mitgliedern des Urban Warrior Corps erwartet.

Draco stellt mir die beiden großen, durchtrainierten Männer vor, einen schwarzhaarigen, gutaussehenden Kerl namens Shark und einen ruhigen, gefährlichen Typ mit tiefen, braunen Augen namens Leon. Mit Draco an meiner Seite und von den vier muskelbepackten Männern umringt fühle ich mich, als hätte ich eine Eskorte von Bodyguards dabei, während wir das Flughafengebäude verlassen.

Draußen stehen zwei schwarze Hummer. Draco und ich fahren mit dem schwarzhaarigen Shark, die anderen drei steigen in den zweiten Wagen ein.

„Hab' gehört, du hast dort drüben ein verdammtes Wunder vollbracht, Bruder", sagt Shark, während er den Wagen hinter Hawke und den anderen auf die Autobahn lenkt. Der Blick seiner tiefblauen Augen im Rückspiegel ruht neugierig auf mir. „Ist es wahr, dass die Russen dich schon auf ihrer Abschussliste hatten?"

„Es gab eine spontane Planänderung", erwidert Draco. „Danach haben sie mich für einen Verräter gehalten und eingelocht."

Shark pfeift durch die Zähne und stößt einen Fluch aus. „Wie zum Teufel ist es dir gelungen, zu fliehen? Noch dazu mit einer Gefangenen?"

Draco erwidert nichts. Er hält meine Hand in seiner und blickt mich an, und zum ersten Mal sehe ich in seinen Augen so etwas wie Furcht.

Es scheint mir, als ob er sich nicht ausmalen will, was mir hätte geschehen können, wenn es schlecht für uns ausgegangen wäre.

„Ich hatte einen verdammt guten Grund, nicht zu

versagen“, erwidert er schließlich, ohne mich aus den Augen zu lassen.

„Mann, die Typen von der CIA können es kaum erwarten, dich auszuquetschen wie eine Zitrone.“ Shark schüttelt verächtlich den Kopf. „Sie wollen wissen, was dieser Kinkirk alles ausgeplaudert hat, bevor die Russen ihn gekillt haben …“

Draco bringt Shark mit einem bösen Blick zum Schweigen. Fast unmerklich deutet er dabei mit dem Kopf auf mich, sein Waffenbruder begreift sofort und verstummt.

„Tut mir leid“, sagt Shark zu mir, und es klingt aufrichtig. „Feingefühl ist nicht gerade meine Stärke. Sie standen Mr Kinkirk nahe?“

„Ehrlich gesagt habe ich ihn kaum gekannt“, erwidere ich. Der Cameron, den ich zu kennen geglaubt habe, hätte weder versucht, mich zu vergewaltigen, noch hätte er mich an die Russen verraten oder Schwarzmarktgeschäfte mit Rebellen gemacht. Die Wahrheit ist, ich habe keine Ahnung, wer Cameron Kinkirk wirklich gewesen ist.

Shark nickt, mehr aus Höflichkeit, wie ich glaube, und lässt das Thema ruhen.

„Wir fahren direkt zum Hauptquartier“, sagt Shark nach einer Weile zu Draco. „Tut mir leid, ich weiß, ihr seid bestimmt erledigt, aber die CIA scharrt uns schon Löcher in den Teppich, weil sie es nicht erwarten können, dich zu befragen. Sie werden auch ein paar Fragen an Sie haben, Ms Bennett.“

„Bitte nennen Sie mich doch Lilly.“ Mein Blick flackert nervös zu Draco. „Warum will die CIA mich befragen?“

„Reine Routine.“ Er legt seinen Arm beruhigend um mich. „Keine Sorge, ich lasse dich nicht allein.“

Es dauert eine knappe Stunde, bis wir uns durch den dichten Verkehr von L.A. gekämpft haben und Shark vor einem Gebäude in Downtown anhält. Der Hummer von Hawke und den anderen steht schon da.

„Hier ist euer Hauptquartier?“, murmele ich

beeindruckt, als Draco mich in den gläsernen Wolkenkratzer führt.

„Nicht nur unser Hauptquartier, in dem Gebäude sind auch noch andere Behörden und Spezialeinheiten untergebracht“, erklärt Draco, während er mich durch ein kompliziertes System von Sicherheitschecks schleust, bis wir schließlich mit einem Aufzug in den obersten Stock fahren.

„Willkommen in der Zentrale des Urban Warrior Corps“, sagt Shark als wir aussteigen und begleitet uns den Gang hinunter. „Sie warten alle in Panthers Büro auf dich. Viel Glück, Bruder.“ Er klopft Draco auf die Schulter, nickt mir zu und verschwindet in einem Raum links von uns. Bevor die Tür hinter ihm zufällt, erhasche ich einen Blick auf Hawke, Remus und Leon, die sich in dem Raum in gedämpften Stimmen unterhalten.

Draco führt mich zu einem Büro am Ende des Gangs. Er klopft scharf an und öffnet die Tür.

Vier Männer wenden sich uns zu. Einer von ihnen hat graumeliertes Haar und stahlgraue Augen, er erhebt sich von seinem Schreibtisch, als Draco eintritt. Auf seinem Tisch steht ein Schild mit der Aufschrift *Chief C.T. Panther.*

Die anderen drei Männer tragen dunkle Anzüge und sehen tatsächlich so aus, wie ich mir CIA-Agenten immer vorgestellt habe. Wäre ich nicht zu unruhig wegen der bevorstehenden Befragung, dann würde ich jetzt schmunzeln.

Panther, der offenbar Dracos Vorgesetzter ist, schüttelt Draco die Hand und mustert ihn eingehend. Er hat scharfe Gesichtszüge und einen intelligenten, kühlen Blick. Aufgrund seines Alters wäre er Draco bestimmt körperlich unterlegen, aber die Stärke und Dominanz seiner Persönlichkeit ist deutlich spürbar.

Ihm und Draco dabei zuzusehen, wie sie sich die Hände schütteln, ist fast so, als würde ich zwei Naturgewalten beobachten, die aufeinanderprallen. Zwei Alphamänner, jeder auf seine Art gefährlich, die einander in gegenseitigem Respekt begegnen.

Einer der CIA-Leute räuspert sich, ich habe schon vergessen, dass sie überhaupt im Raum sind.

„Schön, dass Sie gesund von der Mission zurückgekehrt sind, Major", sagt Panther zu Draco.

*Major?*

„Ich habe gehört, es gab unvorhergesehene Zwischenfälle."

Draco nickt. „Unsere Zielperson wurde getötet."

„Darüber wollen wir mit Ihnen sprechen", mischt sich einer der CIA-Agenten ein. „Und auch mit Ms Bennett, wenn Sie gestatten."

Wenn ich gestatte? Das ist doch nur eine Floskel, ich habe doch gar keine Wahl! Dass der Agent meinen Namen kennt, beunruhigt mit noch mehr und lässt mich befürchten, dass diese Befragung nicht harmlos ablaufen wird.

Meine Finger ballen sich zu einer Faust, am liebsten würde ich mich an Dracos Hand festhalten, damit die Agents mich nicht mitnehmen. Die Vorstellung, mit fremden Männern in einem Befragungsraum eingeschlossen zu sein, behagt mir gar nicht. Aber ich traue mich nicht, Draco vor den Männern zu berühren, also rühre ich mich nicht vom Fleck und setze eine tapfere Miene auf.

*Das sind Bundesagenten der U.S. Regierung, Lilly, keine russischen Soldaten.* Wenn ich mir das nur oft genug vorsage, nimmt es mir vielleicht die Angst.

Einer der drei CIA-Typen hält mir die Tür auf. „Wenn Sie mit mir kommen wollen, Ms Bennett?"

Nein, will ich nicht! Draco sieht die Panik, die in meinen Augen aufflackert, und tritt zwischen mich und den CIA-Mann. „Sie werden uns gemeinsam befragen", sagt er, seine Stimme kalt und drohend.

Auf dem Gesicht des Agenten erscheint ein kühler, überraschter Ausdruck. „Das ist nicht üblich, das wissen Sie, Major." Sein Blick flackert zu Chief Panther.

„Sie haben Ms Bennett sicher zurückgebracht, Draco." Panthers Stimme klingt ruhig und eindringlich, er scheint genau zu wissen, wie er mit seinem heimgekehrten Krieger sprechen muss. „Das sind Männer der CIA."

*Du hast deine Aufgabe erfüllt, Soldat, du musst die Frau nicht länger beschützen* - das hallt unausgesprochen durch den Raum.

Draco rührt sich nicht von der Stelle. Er lehnt sich meinetwegen gegen seinen Vorgesetzten auf, und die CIA-Agenten treten auf ihn zu.

Die Luft ist spannungsgeladen und ich weiß nicht, wie weit Draco gehen wird, um mich zu beschützen.

„Schon gut", sage ich hastig und schiebe mich an Draco vorbei. Ich will nicht, dass er sich meinetwegen in Schwierigkeiten bringt. „Ich gehe mit ihm. Kein Problem."

Ich versuche, meine Unsicherheit zu überspielen, doch Draco durchschaut mich sofort. Ein dunkles Knurren steigt in seiner Kehle auf, als er den CIA-Agenten mustert, dann wendet er seinen Blick mir zu und seine Augen glühen. Ich weiß augenblicklich, dass er mich auch hier beschützen wird, wenn ich ihn darum bitte.

„Es ist okay", sage ich leise. Ich lege meine Hand auf seinen Arm, spüre die gefährliche Anspannung seiner Muskeln, seine Bereitschaft zum Kampf. Aber er hält sich zurück, starrt die CIA-Agenten mit grimmiger Miene an und lässt mich unwillig gehen.

Ich folge dem Agenten den Gang entlang. Als wir in den Aufzug steigen, werde ich unruhig.

„Ich bin davon ausgegangen, dass der Befragungsraum sich gleich hier befindet." Ich bemühe mich um einen Plauderton, damit der Agent nicht merkt, wie nervös ich bin.

„Zwei Stockwerke tiefer", erwidert er und drückt im Fahrstuhl auf den Türen-schließen-Knopf.

Die Vorstellung macht mir Angst, in irgendeinem Raum eingesperrt zu sein, so weit weg von Draco, dass er meine Schreie nicht hören kann …

Ich zwinge mich, mich zusammenzureißen. Welche Schreie? Ich bin schließlich nicht mehr in Russland. Das hier ist L.A., ich bin im Hauptquartier von Dracos Einheit und dieser Mann neben mir ist ein U.S. Agent.

*Niemand wird Hand an dich legen. Es gibt nicht den geringsten Grund, Angst zu haben, Lilly.*

Trotzdem sind meine Hände schweißnass, als die Fahrstuhltüren sich öffnen und ich dem Agenten zum Befragungsraum folge.

# Kapitel 13

Der Raum, in den er mich bringt, unterscheidet sich nicht besonders von dem Verhörraum in Moskau. Er hat ebenfalls keine Fenster und nur eine Tür, allerdings ist eine Wand mit einem großen Spiegel versehen. Ich nehme an, dass es sich um einen einseitigen Spiegel handelt und dass sich dahinter ein Beobachtungsraum befindet, so wie ich es aus den Krimis im Fernsehen kenne.

Es gibt nur einen Tisch und zwei Stühle, ansonsten ist der Raum leer. Eine Kamera hängt über der Tür an der Decke.

„Bitte, Ms Bennett, nehmen Sie Platz." Der Agent bemerkt, dass ich die Kamera entdeckt habe. Sie ist auf einem beweglichen Arm montiert und der Mann schwenkt sie kurzerhand zur Seite, so dass die Linse gegen die Wand zeigt.

„Wir wollen doch ungestört sein." Sein Ton ist freundlich, trotzdem fühle ich mich immer unbehaglicher. Als er auch noch die Jalousien vor dem Spiegel herunterlässt, verkrampfen sich meine Hände um die Armlehnen meines Stuhls. „Ich denke, Sie fühlen sich wohler, wenn wir unbeobachtet sind."

„Wie kommen Sie auf die Idee, dass ich mich in einem abgeschotteten Raum wohler fühlen könnte?"

Der Agent setzt sich auf den Stuhl mir gegenüber. Er lehnt sich zurück und mustert mich schweigend. Mein Blick flackert zur Tür.

„Sie haben Schreckliches durchgemacht, Ms Bennett, ich kann verstehen, dass enge Räume wie dieser hier Ihnen Angst machen." Seine Stimme klingt ruhig, aber seine Augen beobachten jede meiner Bewegungen.

„Warum bringen Sie mich dann hierher? Versuchen Sie, mich unter Druck zu setzen?"

Er schüttelt den Kopf, aber ich glaube ihm nicht. „Natürlich nicht. Die CIA hat nur ein paar Fragen an Sie. Mein Name ist übrigens Agent Brenner, wir wurden uns noch nicht vorgestellt."

Sein Name ist mir scheißegal, ich will nur hier raus! Meine Handflächen schwitzen, mein Herz klopft schneller. Ich habe das Gefühl, kaum Luft zu kriegen, und als ich schlucken will, habe ich einen Kloß im Hals.

„Ich kann mir nicht einmal vorstellen, was Sie durchgemacht haben müssen. Zuerst der Schock der Entführung, dann die Unsicherheit und die ständige Angst während Ihrer Gefangenschaft … die Russen sind bekannt dafür, mit ihren Gefangenen nicht gerade zimperlich umzugehen. All die Stunden allein in der Zelle, nur Sie und Mr Kinkirk …"

Ich weiß genau, dass Brenner versucht, meine Furcht noch mehr anzustacheln. Warum tut er das? Damit ich schneller zusammenbreche? Was zum Teufel will er eigentlich von mir? Ich atme tief durch. „Cameron und ich waren nicht in derselben Zelle."

Brenner horcht auf. „Hat man Sie nicht gemeinsam befragt?"

Ich schüttele den Kopf. „Ich habe ihn nach unserer Entführung nicht wiedergesehen."

„Sie konnten auch nicht mit ihm sprechen?"

„Sie wollen wissen, ob er mir etwas darüber gesagt hat, was er den Russen erzählt hat?" Ich klammere mich an meinen Stuhl, um das Beben meiner Hände zu unterdrücken, und starre Brenner in die Augen. „Ich muss Sie enttäuschen. Ich habe ihn weder gesehen, noch mit ihm gesprochen. Alles, was ich weiß, ist, dass die Russen ihn entführt und zu Tode gefoltert haben. Das Gleiche hätten sie auch mit mir gemacht, wenn Draco nicht gewesen wäre."

„Erzählen Sie mir von Major Bolschakow."

Major Bolschakow? So lautet also Dracos Deckname?

„Er hat dafür gesorgt, dass ich heil aus der Sache

rausgekommen bin. Ich verdanke ihm mein Leben."

„Manchmal verdrehen traumatische Erlebnisse unsere Wahrnehmung, Ms Bennett. Sind Sie nicht erst durch Major Bolschakow in die Gefangenschaft geraten?"

Ich starre Brenner mit schmalen Augen an. Langsam ahne ich, worauf er hinauswill.

„Nein", sage ich mit fester Stimme. „Im Gegenteil. Es war Cameron, der mich verraten hat, Draco hat mich verteidigt. Er hat versucht, meine Entführung zu verhindern. Er hat sich dadurch sogar selbst in Schwierigkeiten gebracht, die Russen haben gedacht, er würde mit Cameron und mir unter einer Decke stecken."

„Wollen Sie mir sagen, dass Major Bolschakow entgegen seiner ausdrücklichen Befehle gehandelt und die ganze Mission gefährdet hat?"

Oh, verdammt. Dieser Agent verdreht mir die Worte im Mund. Ich sollte besser die Klappe halten, sonst bringe ich Draco in Teufels Küche.

„Ich habe keine Ahnung, wie seine Befehle gelautet haben", sage ich. „Ich weiß nur, dass ich nicht hier sitzen würde, wenn er nicht gewesen wäre."

„Wie hat er nach Ihrer Gefangennahme die Russen davon überzeugt, dass er nicht auf Ihrer Seite steht?"

„Das müssen Sie ihn selbst fragen. Ich war nicht bei diesen Gesprächen dabei, und außerdem spreche ich kein Wort Russisch."

„Aber Sie haben Major Bolschakow mit den russischen Soldaten erlebt. Wie war Ihr Eindruck?"

„Ich hatte das Gefühl, dass sie ihn als ranghöheren Offizier respektiert haben. Was auch immer er zu ihnen gesagt hat, es muss überzeugend gewesen sein."

„Offensichtlich, denn er ist noch am Leben. Hatten Sie während Ihrer Gefangenschaft Kontakt zu Major Bolschakow?"

Oh je, jetzt wird es heikel. Ich würde mir eher die Zunge abbeißen, als Brenner zu verraten, welcher Art unser *Kontakt* gewesen ist.

„Wie gesagt, er hat mich vor den anderen Soldaten beschützt“, sage ich ausweichend.

„Hat er Sie verhört?“

Mist. Was soll ich darauf antworten? Was wird Draco darauf antworten? Ich bin mir sicher, dass er gerade ebenso von den beiden anderen CIA-Typen in die Mangel genommen wird wie ich. Wahrscheinlich haben sie sich gedacht, dass einer genügt, um mit mir fertig zu werden, während sie Draco lieber zu zweit gegenübertreten. Feige Bande.

Warum haben Draco und ich nicht darüber gesprochen, was wir der CIA erzählen werden? Ich könnte mich ohrfeigen. Soll ich Brenner anlügen und ihm sagen, dass Draco mich nicht verhört hat? Was mache ich, wenn Draco eine andere Version erzählt? Oh, verdammt.

„Ich nehme an, Sie wissen, wer ich bin, Agent Brenner?“ Ich werfe ihm einen kühlen Blick zu und lehne mich zurück. *Bluffen, Lilly. Zeig ihm nicht, dass du dich unterlegen fühlst und Angst hast.* „Lilly Bennett, PR-Assistentin aus Minnesota.“ Bestimmt hat die CIA meine Vergangenheit gründlich durchleuchtet. „Sie wissen genau, dass ich mit Camerons Schwarzmarktgeschäften nichts zu habe. Das Einzige, was ich mir zu Schulden habe kommen lassen, ist, dass ich mit meinem Boss geschlafen habe. Und Sie können mir glauben, in den vergangenen Tagen habe ich es zutiefst bereut, Cameron Kinkirk jemals begegnet zu sein.“

„Sie haben meine Frage nicht beantwortet, Ms Bennett.“

Ich verschränke meine Hände auf dem Tisch. „Draco – Major Bolschakow – hat in Moskau über dieselben Informationen über mich verfügt wie Sie, ist es nicht so? Er hat gewusst, dass ich keine Ahnung von Camerons Waffengeschäften hatte. Warum um alles in der Welt hätte er dann denken sollen, dass ein Verhör mit mir ihm etwas bringen würde?“

Brenners Nasenflügel blähen sich, aber er schweigt.

„Wissen Sie, ob Bolschakow Kinkirk verhört hat?“, fragt er dann.

„Nein, das weiß ich nicht.“ Ich habe Draco nie danach gefragt, ob er bei Camerons Verhören dabei war. „Falls er dabeigewesen ist, hat er bestimmt sein Bestes getan, um Camerons Leben zu retten.“

Brenner neigt abwägend den Kopf, dann richtet er einen stechenden Blick auf mich. „Haben Sie mit jemandem darüber gesprochen, was geschehen ist? Über die Entführung oder über Mr Kinkirk?“

„Ich habe mit Draco gesprochen, und mit den Männern seiner Einheit“, erwidere ich verwundert. „Ich wollte in Moskau auf die amerikanische Botschaft fliehen, aber Dracos Einheit hat uns sofort außer Landes gebracht.“

Auf Brenners Gesicht zeigt sich keine Regung. Ich weiß noch immer nicht, was er eigentlich mit dieser Befragung bezweckt, und mein Misstrauen ihm gegenüber wächst mit jeder Minute.

„Was wird die Regierung jetzt unternehmen?“, frage ich. „Die Russen haben uns entführt und Cameron umgebracht, irgendjemand muss doch etwas tun.“

„Es war nicht geplant, dass Mr Kinkirk bei dieser Aktion ums Leben kommt.“ Brenners Stimme klingt kühl und emotionslos. „Major Bolschakow hätte ihn und seinen Stellvertreter – der ihn nach Moskau hätte begleiten sollen, bevor Sie ins Spiel gekommen sind – befreien sollen, nachdem die Russen ein paar unwichtige Informationen aus ihnen herausgeholt hätten.“

Das ganze Puzzle scheint überhaupt keinen Sinn zu ergeben, so als würde mir das essentielle Teil fehlen.

„Sie *wollten*, dass Cameron und Mike von den Russen geschnappt und verhört werden? Aber aus welchem Grund? Warum haben Sie die Entführungen erst zugelassen und dann Draco auf diese unmögliche Mission geschickt, um Cameron zurückzuholen?“

Ein herablassender Ausdruck breitet sich auf Brenners

Gesicht aus. „Mr Kinkirk hat früher mit dem Verteidigungsministerium zusammengearbeitet. In der letzten Zeit hat er sich zu unserem Bedauern jedoch wenig kooperativ gezeigt und seine Geschäfte auf andere Zielgruppen ausgedehnt." Brenners Stimme wird bedrohlicher. „Die russische Armee hatte ihn wegen seiner Geschäfte mit den Rebellen im Visier, also haben wir sie die Drecksarbeit für uns machen lassen."

„Sie wollten Camerons Waffengeschäfte zerschlagen." Langsam begreife ich.

„Wenn es Major Bolschakow gelungen wäre, ihn zurückzubringen, hätten wir ihm eine neue Identität und eine Zusammenarbeit mit dem Verteidigungsministerium angeboten. Kinkirk war eine Koryphäe auf dem Gebiet der Waffensteuerungssoftware, aber Sie wissen selbst, was für ein sturer Dickschädel er war. So lange er der Meinung war, mit den Schwarzmarktgeschäften mehr Geld machen zu können, hätte er sich nie für den Dienst am Vaterland entschieden. Leider war er kein Patriot."

Ich starre Brenner fassungslos an. „Sie haben Camerons Leben riskiert, damit die Russen ihn so einschüchtern, dass er freiwillig für die U.S. Regierung arbeitet?"

„Es ist schade um ihn, er war ein brillanter Kopf. Leider hat er sich für die falsche Seite entschieden." Brenner seufzt. „Major Bolschakows Befehl lautete, sicherzustellen, dass Kinkirk keine Geheimnisse aus der Zeit der Zusammenarbeit mit unseren Behörden ausplaudert, und ihn schließlich in die U.S.A. zurückzubringen. Leider hat er versagt, und wir wissen noch nicht, wie viel Kinkirk den Russen während der Verhöre verraten hat."

„Tut mir leid, dass Ihr Plan nicht aufgegangen ist", zische ich. Brenner widert mich an, wie er in seinem Stuhl sitzt und völlig emotionslos über Draco und Cameron spricht. Cameron mag ein Schwein gewesen sein, aber er hat es nicht verdient, in eine Falle gelockt und zu Tode gefoltert zu werden. Und dass Brenner versucht, Draco einen Strick daraus zu drehen, dass er mich gerettet hat, macht mich unsagbar wütend.

„Major Bolschakow hat in diesem Bunker Unglaubliches geleistet, um mich am Leben zu erhalten." Meine Stimme klingt hart. „Es gibt nicht viele Männer, die dazu fähig gewesen wären."

„Mag sein, aber trotzdem hat er Befehle missachtet und seinen Auftrag nicht erfüllt. Kinkirk ist tot, und Sie sitzen mir gegenüber."

Die Art, wie er mich bei diesen Worten anstarrt, lässt mir das Blut in den Adern gefrieren.

„Sie meinen, dass Draco mich in dem Bunker hätte zurücklassen sollen?" Meine Stimme klingt plötzlich heiser.

„Wir haben keine Verwendung für Sie, Ms Bennett. Wie gesagt, Sie sind bloß eine PR-Assistentin aus Minnesota. Es tut mir leid, dass Sie in diese Sache hineingeraten sind, aber leider wissen Sie jetzt zu viel. Wir können nicht riskieren, dass Sie mit Ihrer Geschichte an die Öffentlichkeit gehen."

Ich hatte mich schon gewundert, warum Brenner mir so offen von den Plänen der Regierung für Cameron erzählt.

Jetzt begreife ich. Er hat nicht vor, zuzulassen, dass ich etwas davon ausplaudere.

Meine Hände verkrampfen sich auf dem Tisch, mein Blick flackert in Richtung Tür. Wie schnell kann ich aufspringen? Meine Beine fühlen sich an, als wären sie aus Blei. Hätte ich überhaupt eine Chance, die Tür zu erreichen, bevor Brenner mich einholt?

Der Befragungsraum in einem anderen Stockwerk, die weggedrehte Kamera, die heruntergelassenen Jalousien … plötzlich wird mir klar, warum Brenner keine Zeugen für diese Befragung will.

Himmel, er hat nicht vor, mich diesen Raum lebend verlassen zu lassen!

„Sie können mich nicht einfach umbringen", stoße ich

zwischen den Zähnen hervor. „Man wird Fragen stellen, Sie werden Schwierigkeiten kriegen. Verdammt große Schwierigkeiten."

Brenner zieht die Augenbrauen hoch. „Das denke ich nicht, Ms Bennett. Haben Sie nicht von dem schrecklichen Autounfall in Moskau gehört? Das Wrack ist vollständig ausgebrannt, zwei Amerikaner sind dabei ums Leben gekommen, ein Mann und einen Frau. Man sagt, sie waren aus der Softwarebranche und wegen einer Konferenz in Moskau. Tragisch, nicht wahr?"

„Die Kaffeelounge war voller Zeugen, als man uns entführt hat", gebe ich bebend zurück. „Eine Menge Menschen haben gesehen, dass die Soldaten uns mitgenommen haben."

Er nickt und setzt eine Miene falscher Betroffenheit auf. Ich könnte ihm ins Gesicht spucken, so sehr widert er mich an.

„Natürlich. Kurz darauf hat sich alles als Irrtum herausgestellt, man hat Sie fälschlicherweise für Terroristen gehalten und bald nach Ihrer Festnahme wieder freigelassen. Niemand konnte ahnen, dass Sie auf dem Weg ins Hotel in einen tödlichen Verkehrsunfall verwickelt werden würden."

„Sie wollen die ganze Sache vertuschen?"

„Eine Hand wäscht die andere, Ms Bennett. Würde herauskommen, was geschehen ist, wäre das ein handfester politischer Skandal. Solche Angelegenheiten werden hinter verschlossenen Türen geregelt."

Der Raum beginnt, sich zu drehen. Meine Atmung wird flacher, aber ich starre Brenner unentwegt an. „Sie haben uns verkauft." Meine Stimme klingt heiser und rau. „Was bekommen Sie von den Russen im Gegenzug dafür, dass Sie meine Entführung und Camerons Tod unter den Teppich kehren?"

Seine Mundwinkel kräuseln sich, überlegen und widerlich. „Es ist ein Geben und Nehmen, Ms Bennett. Ich bin sicher, das Opfer, das Sie und Mr Kinkirk gebracht haben, wird sich eines Tages als nützlich für uns erweisen. Außerdem werde ich dafür sorgen, dass Major Bolschakow aufgrund der Missachtung seiner Befehle vom Dienst suspendiert wird. Er wird für den Rest seiner Karriere in irgendeinem Büro hinter dem Schreibtisch verrotten." Seine Augen funkeln gefährlich. „Falls er klug genug ist, den Mund zu halten."

„Sie Schwein", zische ich.

Dann erhebt sich Brenner langsam. Hastig sehe ich mich um. In dem Raum gibt es nur die beiden Stühle und den Tisch, der am Boden festgeschraubt ist. Es gibt nichts, was ich als Waffe einsetzen könnte.

Oh Gott. Wenn Brenner mich angreift, habe ich nicht die geringste Chance. Alles, was zwischen mir und diesem Agenten steht, ist ein verdammter Metalltisch.

Brenner lässt mich nicht aus den Augen, während seine Hand langsam in seine Tasche gleitet.

# Kapitel 14

Will er mich etwa erschießen?

„Es wird Aufsehen erregen, wenn Sie hier drinnen losballern …“ Meine Stimme verklingt, als ich sehe, was er aus der Tasche hervorzieht.

Es ist eine Spritze.

„Sie haben natürlich Recht, Ms Bennett“, sagt er mit ruhiger Stimme, seine Augen fest auf mich gerichtet, wie eine Hyäne, die kurz davor ist, sich auf ihr Opfer zu stürzen. „Deshalb habe ich mich für eine geräuschlose Variante entschieden.“

Ich weiß, dass mir nur noch Sekunden bleiben, und dass ich nur eine einzige Chance habe. Aber ich muss Brenner ablenken, bestimmt rechnet er damit, dass ich einen Fluchtversuch unternehme. Viele Möglichkeiten bleiben mir in dem leeren Raum nicht, also hebe ich blitzschnell meinen Stuhl hoch, schleudere ihn Brenner entgegen und renne auf die Tür zu.

Brenner reißt abwehrend die Arme vors Gesicht und weicht dem Stuhl aus, der krachend auf dem Boden landet, und springt dann mit einem Satz hinter mit her.

Bevor ich die Tür erreiche, fühle ich Brenners Hand, die sich um meinen Arm krallt und mich nach hinten reißt. Ich kämpfe gegen ihn, packe seine Hand, mit der er die Spritze hält, und drücke sie mit aller Kraft von meinem Körper weg. Dabei schreie ich und trete nach Leibeskräften nach ihm, ich erwische ihn am Schienbein und zwischen den Beinen, und es ist nur dieser Schmerz, der ihn davon abhält, mir die tödliche Dosis reinzujagen.

Wie lange kann ich mich gegen ihn wehren? Ich weiß, sobald die Nadel meine Haut durchstößt, ist alles vorbei. Adrenalin pumpt durch meinen Körper, ich kämpfe um mein Leben, kämpfe um jede Sekunde, aber Brenner ist so stark … oh Gott, werde ich hier drin sterben?

Plötzlich wird die Tür hinter mir aufgestoßen. Wie ein Orkan stürmt Draco herein, Hawke und Remus hinter ihm. Draco packt Brenner und reißt ihn von mir weg, ich taumle zurück und stoße gegen den Tisch.

Mit einer kraftvollen Bewegung bricht Draco dem Agenten den Arm. Ich höre ein scheußlichen Knacken und Brenners Schmerzensschrei, er lässt die Spritze fallen und umklammert seinen Ellbogen. Draco versetzt ihm einen Schlag ins Gesicht, Brenners Blut spritzt auf die Wand, dann lässt Draco seine Fäuste auf ihn niederprasseln, als wollte er den Agenten umbringen.

Ich klammere mich an die Tischkante, wage nicht einmal, zu atmen, während Draco seinem rasenden Zorn freien Lauf lässt.

Leon und Shark tauchen auf, schnappen Brenner und halten ihn fest, während Hawke und Remus Dracos Arme packen und ihn von dem halbtoten Agenten fortziehen.

„Beherrsch dich!“, zischt Hawke. Ich sehe seine und Remus‘ Armmuskeln deutlich hervortreten, die beiden können Draco kaum überwältigen.

„Lasst mich los!“, faucht Draco. „Ich werde diesen Dreckskerl umbringen! Dieses verdammte Schwein!“

„Ich weiß, dass du das willst“, knurrt Hawke, während er seine Beine in den Boden stemmt, um Dracos Kraft standzuhalten. „Aber damit hilfst du ihr nicht. Wir werden sie beschützen, Bruder, aber *das hier ist nicht der richtige Weg.*“

Hawkes Stimme ist beherrscht und fest, fast hypnotisierend. Trotzdem atmet Draco heftig und hört nicht auf, sich gegen seine Kameraden zu wehren. Die tobende Wut macht ihn blind, er will nichts anderes, als sich auf Brenner zu stürzen und ihn umzubringen.

„Mann, hör endlich auf …!“ Remus‘ Stimme klingt leicht panisch, sogar mit Hawkes Hilfe scheinen die beiden Dracos Körperkräften nicht gewachsen zu sein, die der Zorn in ihm freisetzt. „Wenn du ihn killst, buchten sie dich für den Rest deines Lebens ein!“

„Ist mir egal!“, faucht Draco und kämpft gegen die eisernen Griffe seiner Kameraden an. „Er wollte sie töten! Dafür werde ich ihn umbringen!“

„Komm endlich zur Vernunft!“, knurrt Hawke, doch Draco ist nicht zu bändigen. Er steht kurz davor, seine Aggression gegen seine Kameraden zu richten.

„Draco? Bitte …“ Meine Worte klingen leise und verängstigt, meine Stimme ist so zart, dass ich mich frage, ob Draco mich überhaupt wahrnimmt. Aber er hört augenblicklich zu kämpfen auf und wirbelt herum. Ich starre ihn mit großen Augen an, mein ganzer Körper zittert. Neben den Männern fühle ich mich schutzlos und verletzlich, die Atmosphäre ist voller Aggression und Gewalt.

Draco will auf mich zutreten, und Hawke und Remus lassen ihn augenblicklich los. Im nächsten Moment steht er dicht vor mir, sein Körper aufgepumpt von seinem Zorn, der in aggressiven Wellen von ihm ausstrahlt. Seine eisblauen Augen glühen tödlich.

Dann nimmt er mein Gesicht zwischen meine Hände, so behutsam, als hätte er Angst, mich zu verletzen.

„Geht es dir gut?“, fragt er heiser. „Hat dieses Schwein dir was getan?“

Ich schüttele stumm den Kopf. Tränen steigen in meine Augen. Dracos Kiefermuskeln verspannen sich.

„Ich werde diesen Dreckskerl in Stücke reißen!“ Er wendet sich Brenner zu, Remus und Hawke treten ihm in den Weg.

„Zwingt mich nicht dazu“, knurrt Draco drohend.

Ich lege flehend meine Hand auf seinen Arm. Sie wirkt winzig auf Dracos mächtigen Muskeln.

„Bitte“, flüstere ich. „Sie haben Recht, du würdest Riesenschwierigkeiten kriegen.“

„Das ist mir egal!“, faucht er. „Er hat versucht, Hand an dich zu legen!“

„Ich will nicht, dass sie dich dafür einsperren. Das ist er nicht wert. Bitte, Draco. *Bitte.*“

Sein Körper ist angespannt wie der eines Raubtiers vor dem Angriff. Er steht mit geballten Fäusten, Brenner zugewandt, Hawke und Remus dazwischen, bereit, ihren Kameraden mit Gewalt zurückzuhalten, wenn es sein muss.

Ich trete nah an Draco heran, meine Hand liegt noch immer auf seinem Arm, meine Knie zittern. Flehend sehe ihn an, die Atmosphäre ist zum Zerreißen gespannt.

Dann dreht Draco sich mir plötzlich zu, zieht mich in seine Arme und drückt mich an sich, kraftvoll und beschützend.

„Ich bin so froh, dass es dir gutgeht“, murmelt er.

Hawke und Remus entspannen sich.

„Was machen wir mit dem Kerl?“, fragt Leon, der gemeinsam mit Shark Brenner gepackt hält. Dabei scheint es ihnen gleichgültig zu sein, dass Brenners Arm gebrochen ist, sie halten ihn unbarmherzig fest.

„Bringt ihn raus hier, so schnell wie möglich“, knurrt Hawke, ohne Draco aus den Augen zu lassen. „Sie hat unseren Drachen besänftigt, aber ich weiß nicht, wie lange der Zauber anhält.“

Die Männer zerren Brenner hinaus, auch Remus und Hawke gehen mit ihnen. Hawke wirft einen letzten Blick auf Draco, dann schließt er hinter sich die Tür.

Kaum sind seine Kameraden fort, küsst Draco mich. Sein Kuss ist so intensiv und voller Sorge, dass er mir den Atem verschlägt.

„Als ich begriffen habe, was die Typen vorhaben, war ich verrückt vor Angst um dich“, raunt er, seine Lippen dicht an meinem Gesicht. „An der Art, wie sie mich befragt haben, habe ich gleich gemerkt, dass etwas nicht stimmt. Ich hätte dich niemals mit diesem Brenner mitgehen lassen dürfen.“

„Er wollte dich diffamieren und mich beseitigen, um ihre verdeckte Aktion zu schützen.“ Meine Stimme ist kaum hörbar. „Du bist im letzten Moment gekommen. Ich danke dir.“

Schmerz brennt in seinen Augen, während er zärtlich mein Gesicht streichelt. „Ich hätte es mir nie verziehen, wenn …“ Er schüttelt gequält den Kopf. „Kannst du mir vergeben? Ich hätte dich nie aus den Augen lassen dürfen.“

„Konnte doch keiner ahnen, dass die CIA die Bösen sind“, murmele ich.

„Trotzdem“, knurrt er beharrlich. „Du hast mir vertraut, und ich habe dich enttäuscht.“

Ich lege meinen Finger auf seine Lippen, damit er verstummt.

„Du hast mich nicht enttäuscht“, flüstere ich. „Du hast mich gerettet.“

Ich küsse ihn zart auf die Lippen. Das Glühen in Dracos Augen entflammt, er drückt mich an sich und erwidert meinen Kuss, stürmisch und besitzergreifend, mit verzweifelter Leidenschaft. Seine Zunge dringt in meinen Mund ein, erforscht ihn mit wilder Intensität. Seine Kraft ist überwältigend, als würde er eine lang zurückgehaltene Naturgewalt in seinem Inneren endlich entfesseln. Ich rutsche auf den Tisch hinauf, Draco drängt sich zwischen meine Beine, umfasst meinen Hintern und zieht mich an sich. Mein Rock ist über meine Oberschenkel hochgerutscht, und weil die Soldaten im Bunker meine Unterwäsche zerrissen habe, spüre ich Dracos Erektion direkt an meiner Scham.

Ich fühle seine Härte und Größe durch die Jeans hindurch. Ich will ihn auch, mein Unterleib zieht sich verlangend zusammen, doch die Ungezähmtheit, mit der Draco mich begehrt, und seine unbeherrschbare Kraft machen mir Angst.

Draco fühlt mein angespanntes Zögern. Ohne ein Wort zu sagen, wird er plötzlich zärtlicher, seine Umarmung behutsamer, seine Küsse sanfter. Sein Becken drängt sich nicht länger fordernd an mich, stattdessen wandern seine Lippen zu meinem Hals, hinterlassen eine Spur von Küssen in meinem Nacken.

„Ich werde dich nicht drängen“, raunt er in mein Ohr,

während er meinen Nacken weiterhin zärtlich liebkost.

„Ich will es ja auch“, keuche ich atemlos. Meine Hände schlingen sich in sein blondes Haar, seine Zunge an meinem Nacken macht mich verrückt. „Aber sollten wir nicht … vorsichtig sein?“

„Ich kenne deine ärztlichen Unterlagen“, murmelt er unter Küssen. Ich höre seiner Stimme an, dass er schmunzelt. „Ich weiß, dass du gesund bist und sogar mit welchem Hormonimplantat du verhütest.“

Mir bleibt für einen Moment die Luft weg. Ich schiebe ihn ein wenig von mir fort, um ihm in die Augen zu sehen. Sie funkeln verschmitzt.

„Deine Firma bietet Vorsorgeuntersuchungen für die Mitarbeiter an, sie zu studieren war Teil der Vorbereitung auf meine Mission.“ Dann wird er ernst. „Meine Einheit wird regelmäßigen Gesundheitschecks unterzogen. Den Letzten hatte ich, bevor ich nach Moskau geschickt wurde. Du brauchst dir also keine Sorgen zu machen. Aber wenn du lieber warten willst …“

Ich schüttele den Kopf und ziehe ihn an mich, um ihn zu küssen. Nach allem, was wir gemeinsam durchgemacht haben, vertraue ich Draco.

Er erwidert meinen Kuss leidenschaftlich und das ziehende Verlangen zwischen meinen Beinen wird stärker. Ich beginne, an den Knöpfen seines Hemds zu nesteln, doch er zieht es sich mit einem Ruck über den Kopf und wirft es auf den Boden. Dann beugt er sich über mich, und das Muskelspiel seines mächtigen Oberkörpers wäre einschüchternd, wenn seine Berührungen nicht so zärtlich wären.

Noch während er mich küsst, öffnet er seinen Gürtel und entledigt sich seiner Jeans und seiner Unterwäsche. Sein Schaft ragt zwischen uns auf, drängt sich an meine Scham, während Draco meine Bluse öffnet und meinen BH zur Seite zieht, damit er seine Lippen um meine Knospen schließen kann.

Seine Küsse jagen intensive Schauer durch meinen

Körper. Ich schlinge meine Beine um ihn, um ihn näher an mich zu ziehen. Er widmet sich ausgiebig meinen Brüsten, streichelt und küsst sie, während er seinen Schwanz an meiner Scham reibt.

Er fühlt die Anspannung meiner Oberschenkel, spürt, wie ich auf seine Kraft und Größe reagiere.

„Hast du Angst?“, murmelt er rau.

„Ein wenig“, gebe ich zu.

„Das brauchst du nicht. Nicht vor mir“, erwidert er. Seine Hand gleitet zwischen meine Beine und er beginnt, mich zu streicheln. Er zieht scharf die Luft ein, als er spürt, wie feucht ich bin, aber seine Finger streichen weiterhin zärtlich über mein empfindliches Fleisch.

„Ich werde dir niemals wehtun“, verspricht er mit rauer Stimme. „Vertrau mir.“

Dann küsst er mich, langsam und zärtlich, so verführerisch, dass ich mich berauscht fühle. Die Spannung meiner Inneschenkel lässt nach, mein Körper akzeptiert ihn, und Draco spürt es und lässt behutsam einen Finger in mich gleiten.

Er weiß genau, wie er mich berühren muss. Schon der Reiz seines Fingers reicht aus, dass ich mich keuchend unter ihm aufbäume. Seine Augen werden dunkler, ein wissendes, sehr männliches Lächeln erscheint auf seinen Lippen.

„Geduld, meine Schöne“, raunt er. „Geduld.“

Ich umklammere seinen Nacken und küsse ihn leidenschaftlich. Alle Zurückhaltung und Furcht fällt von mir ab, als er einen weiteren Finger in mich schiebt, mich behutsam dehnt, es ist eine süße Folter, das Versprechen, mir Erfüllung zu schenken – doch nach seinen Regeln.

„Bitte“, flüstere ich keuchend und klammere mich an ihn. „Bitte, ich kann nicht mehr …“

Er zieht langsam seine Hand zurück, umfasst meinen Po und legt seine Eichel an meine pochende Mitte. Ich sehne mich so sehr danach, ihn endlich in mir zu spüren, dass ich mich ihm entgegendränge, doch er hält mein

Becken fest. Dann dringt er ganz langsam in mich ein und sieht mir dabei unverwandt in die Augen.

Seine blauen Augen sind tief und klar wie Bergseen. Ich halte ganz still, während sein harter Schwanz mich dehnt, sich immer weiter in mich hineinschiebt, bis ich vor Schmerz zucke. Draco zieht sich langsam zurück, und stößt dann wieder behutsam zu. Ich erkenne seine zurückgehaltene Kraft und bewundere seine Selbstbeherrschung, denn seine Muskeln sind zum Zerreißen gespannt.

*Er hält sein Versprechen. Er will mir nicht wehtun.*

Als ich spüre, dass er bei Weitem nicht so kraftvoll zustößt, wie er könnte, entspanne ich mich und genieße das Gefühl, von ihm ausgefüllt zu werden.

Er reizt mich weiter, bis er fühlt, dass ich bereit bin, dann versenkt er sich ganz in mich. Ich keuche auf, nicht vor Schmerz, sondern weil es sich so unglaublich gut anfühlt.

Draco beginnt jetzt, etwas heftiger in mich zu stoßen. Alles um mich herum versinkt, es gibt nichts mehr außer ihn und mich, oh Gott warum haben wir so lange damit gewartet? Sein harter Körper, seine kraftvollen Bewegungen, die Art, wie er mich dabei festhält – das alles turnt mich so an, dass ich glaube, jeden Moment zu kommen.

Plötzlich zieht sich Draco aus mir zurück, zieht mich vom Tisch und dreht mich um, so dass ich mit dem Bauch auf der Tischplatte liege. Er beugt sich von hinten über mich, küsst mich, umfasst meine Brüste und knetet sie, und dringt von hinten in mich ein.

Das Gefühl ist so intensiv, dass ich aufschreie. Dracos Küsse ersticken meinen Schrei, er stößt von hinten in mich, jetzt heftiger und stärker. Himmel, ich verliere gleich den Verstand! Ich dränge mich ihm entgegen, drücke meinen Rücken durch und präsentiere ihm meinen Hintern, damit er noch tiefer in mich eindringen kann. Ich spüre, wie hart er ist, höre seinen heftigen Atem und weiß, dass er gleich kommen wird, ich bin ebenso kurz davor … als mein Orgasmus durch meinen Körper schießt, ist es wie eine befreiende Explosion, die jede Sinneszelle überschwemmt wie eine riesige, unaufhaltsame Welle. Ich fühle, wie Draco in mir zuckt, während er kommt, und wie sich meine Muskeln kontrahierend um seinen Schwanz schließen.

Die Zeit scheint stillzustehen, ich weiß nicht, wie lange ich in den herrlichen Höhen schwebe, in die er mich katapultiert hat. Er stützt sich mit den Unterarmen auf dem Tisch auf, damit ich nicht sein volles Gewicht tragen muss, und bildet mit seinem massiven Oberkörper eine schützende Höhle um mich. Sein Herz hämmert heftig, ich spüre es an meinem Rücken, als er sich auf mich legt, meinen Kopf zu ihm dreht und mich küsst.

Langsam, leidenschaftlich und innig.

Dann richtet er sich auf, dreht mich um und zieht mich in seine Arme. Die Hitze seines Körpers schließt mich ein, während er mich an sich drückt und meinen Kopf an seiner Brust birgt.

„Ich werde dich von hier wegbringen“, murmelt er mit rauer Stimme. „Ich verspreche dir, dass ich dich beschützen werde. Du musst nie wieder Angst haben.“

Ich will nicht über Brenner nachdenken, oder darüber, was die CIA unternehmen wird. Der Augenblick ist viel zu schön, ich will einfach Dracos Nähe genießen und die ganze Welt vergessen.

Aber leider geht das nicht.

Viel zu schnell löst sich Draco aus meinen Armen, schlüpft in seine Jeans und streift sich das Hemd über.

„Komm.“ Er führt mich zur Tür. „Wir müssen dich schleunigst hier rausbringen.“

Als er die Tür öffnet, stoßen wir beinahe mit Hawke zusammen.

Ich bringe hastig meine Kleidung in Ordnung, damit Hawke nicht mitkriegt, was hier gerade passiert ist.

*Der Mann müsste schon blind sein, um nichts zu merken.*

Meine Wangen glühen, Dracos Ausstrahlung ist unmissverständlich, und die ganze Atmosphäre im Raum versprüht Sex.

Über und über rot im Gesicht senke ich den Blick, doch mein Herz hüpft vor Glück, als Draco demonstrativ meine Hand hält.

„Ihr müsst hier weg", sagt Hawke ohne Umschweife. Keine Anspielung, kein blöder Kommentar, gar nichts - wofür ich Hawke unendlich dankbar bin.

„Bruder, ich brauche deine Hilfe." Dracos Stimme klingt so ruhig und eindringlich, dass ich aufblicke. Hawkes ernster Gesichtsausdruck erweckt in mir den Eindruck, dass Draco nicht oft um einen Gefallen bittet.

Wahrscheinlich niemals.

„Wir müssen einen Weg finden, sie zu schützen", sagt Draco, seine Stimme dunkel und bedrohlich, sein Blick intensiv auf Hawke gerichtet. „Ich werde sie in Sicherheit bringen, aber wir müssen ihr die CIA vom Hals schaffen. Sofort."

Hawke nickt grimmig.

Die beiden Männer kommunizieren stumm, nur durch Blicke.

„Sie ist …", beginnt Draco, doch es fällt ihm schwer, die Worte auszusprechen. „Sie ist mir wichtig, Hawke."

„Ich verstehe." Hawkes Gesichtsausdruck ist todernst. Draco nickt ihm zu, dann zieht er mich an Hawke vorbei in Richtung Fahrstuhl.

Mein Herz hämmert wie verrückt.

*'Sie ist mir wichtig, Hawke.'*

Empfindet er das für mich, was ich mir sehnlichst von ihm wünsche, aber mir nicht zu erhoffen wage?

Der Fahrstuhl scheint sich zu drehen, als wir einsteigen und Draco den Knopf für die Tiefgarage drückt.

„Warum hast du das gesagt?" Meine Stimme ist nur ein Flüstern und die Worte kommen aus meinem Mund, ehe ich mich zurückhalten kann. Dann halte ich den Atem an und warte auf Dracos Antwort.

„Ich kann nicht hierbleiben und die Sache selbst regeln“, knurrt er. „Es ist wichtiger, dass ich dich sofort an einen sicheren Ort bringe. Ich muss darauf vertrauen, dass meine Kameraden für mich kämpfen werden.“

„Das habe ich nicht gemeint“, murmele ich.

Die Fahrstuhltüren öffnen sich, doch Draco steigt nicht aus. Stattdessen blickt er mich an, Erstaunen in seinen Augen. Plötzlich fühle ich mich bloßgestellt und verletzlich und senke den Blick.

Seine Hand greift behutsam unter mein Kinn und hebt meinen Kopf an.

„Ich habe es gesagt, weil es wahr ist“, sagt er leise. „Ich habe gedacht, das wüsstest du längst.“

Ich schlucke. Mein Herz pocht heftig. „Was soll ich längst wissen?“

Er schweigt, seine eisblauen Augen glitzern.

„Dass ich dir wichtig bin?“, frage ich leise.

„Nein“, murmelt er rau. „Nicht bloß wichtig.“ Er streicht zärtlich über meine Wange. „Du bist das Wichtigste.“

Meine Knie geben nach und der Boden scheint unter meinen Füßen plötzlich wegzubrechen. Draco zieht mich an sich und küsst mich, kurz und intensiv.

Dann steigt er aus dem Fahrstuhl und durchquert die Tiefgarage, wobei er mich dicht an seiner Seite hält.

Wir erreichen eine Reihe von Wagen, die ich für die Kraftfahrzeugflotte des UWC halte. Draco lässt mich in einen schwarzen Hummer einsteigen, der den Wagen gleicht, mit denen Shark und Leon uns vom Flughafen abgeholt haben.

„Hab keine Angst.“ Er startet den Wagen, während ich mich anschnalle. „Der Wagen ist kugelsicher, die Scheiben sind verdunkelt.“

„Ich habe keine Angst“, erwidere ich. „Du bist bei mir.“

Draco drückt zärtlich meine Hand. Dann jagt er den Hummer mit quietschenden Reifen aus der Tiefgarage.

# Kapitel 15

Draco lenkt den Hummer auf die andere Seite von Downtown L.A. und parkt in der Tiefgarage eines Wolkenkratzers.

„Wohin bringst du mich?“, frage ich, während wir in einem eleganten, verspiegelten Fahrstuhl nach oben fahren. „Ist das wieder irgendeine Behörde?“

„Ich bringe dich an den einzigen Ort, an dem ich für deine Sicherheit garantieren kann. Zu mir nach Hause.“

Ich glaube, mich verhört zu haben. Er schmunzelt, als er mein verdattertes Gesicht sieht.

Der Fahrstuhl hält in einem der obersten Stockwerke, wir steigen aus und Draco führt mich zu seinem Apartment. Die Tür ist eine Spezialanfertigung, eine mehrfach stahlverstärkte Sicherheitstür mit einem elektronischen Türschloss. Erst nachdem Draco eine komplizierte Zahlenfolge eingegeben hat, öffnen sich die Verriegelungen wie bei einem Banktresor.

Als ich eintrete und er die Tür hinter uns schließt, ruht sein Blick mit einem merkwürdigen Ausdruck auf mir.

„Was ist?“, frage ich leise.

Er schüttelt den Kopf. „Nichts. Normalerweise lasse ich hier niemanden herein. Aber es ist schön, dich hier bei mir zu haben.“

Ich lächele. Hier bin ich also, mitten in Dracos Revier. In der Höhle des Drachen.

„Danke, dass ich hier sein darf. Ich wüsste nicht, wohin ich sonst gehen sollte. Die CIA steht bestimmt schon vor meiner Wohnung.“

„Wahrscheinlich eher *in* deiner Wohnung, meine Schöne.“

Bei seinen Worten läuft mir ein Schauer über den Rücken. Mir wird klar, dass ich tatsächlich nirgendwo hin kann.

An wen sollte ich mich schon wenden? An die Polizei vielleicht?

*Klar, damit die dich sofort der CIA ausliefern.*

Sanft lege ich meine Hände auf Dracos Brust. „Du bist schon wieder der Einzige, der mich beschützen kann", flüstere ich. „Das scheint langsam zur Gewohnheit zu werden."

Er löst eine Hand von seiner Brust und drückt einen Kuss auf meine Handfläche. Mein ganzer Körper kribbelt.

„Du wirst bei mir immer in Sicherheit sein", murmelt er.

Ich streichle dankbar über seine Wange. Er schließt bei meiner Berührung die Lider.

Ich kann es noch immer nicht fassen, dass dieser gefährliche, tödliche Mann so sanft sein kann.

„Ich weiß genau, was du jetzt willst", raunt er, als er die Augen wieder öffnet. Dann nimmt er mich bei der Hand und zieht mich durch die Wohnung hinter sich her.

Dracos Apartment ist riesig. Die Einrichtung passt zu ihm, die Möbel sind in schlichtem Schwarz gehalten, Glas und Leder, klare Formen, alles sehr maskulin. Die Fensterfront des Wohnzimmers bietet einen atemberaubenden Ausblick über die Stadt.

Dieses Apartment muss Millionen wert sein.

„Wow", murmele ich. „Für Beamte verdient ihr wirklich gut, was?"

Er zuckt mit den Schultern. „Ich habe ein paar Spezialaufträge hinter mir." Er grinst schief. „Spezialaufträge, Spezialbezahlung."

Mein Blick bleibt an einem Bücherregal hängen, das eine ganze Wohnzimmerseite ausfüllt und bis obenhin mit Büchern vollgestopft ist. Hier stehen englische neben russischen und sogar französischen Klassikern … er liebt Literatur? Verblüfft lasse ich mich von Draco weiterziehen. Ich erwarte, dass er mich ins Schlafzimmer schleppt, und obwohl mein Körper noch von unserer letzten Vereinigung erregt ist und ich mich nach Dracos Berührungen sehne, bin ich so erschöpft, dass ich am liebsten einfach bloß schlafen würde.

Zu meiner Überraschung bringt er mich jedoch ins Bad.

„Ich dachte mir, nach der ganzen Tortur würde dir ein Schaumbad guttun."

Ich bin so verblüfft, dass ich zu lachen beginne. Er runzelt die Stirn.

„Tut mir leid", pruste ich. „Ein Schaumbad klingt großartig, wirklich. Es ist nur, du bist so … ich meine, du wirkst so … *beängstigend*, die meiste Zeit über, dass du mich gerade einfach überrumpelt hast."

Seine Augen werden schmal. „Du hast doch nicht immer noch Angst vor mir, oder?"

Ich schüttele den Kopf. „Nein. Jetzt nicht mehr."

Er wirkt für einen Moment zufrieden, doch dann blitzen seine Augen gefährlich auf. „Falsche Antwort." Schneller als ich reagieren kann, hebt er mich auf seine Arme und trägt mich quer durch das geräumige Badezimmer zu dem Whirlpool in der Mitte des Raums, der auch als Badewanne dient.

Ich quietsche protestierend, doch er hält mich mühelos fest und funkelt mich aus seinen eisblauen Augen neckend an. „Hast du es dir überlegt?"

„Ja", keuche ich lachend. „Du bist furchterregend! Darf ich jetzt wieder runter?"

Mit einem überlegenen Lächeln lässt er mich aus seinen Armen gleiten. Während die Wanne sich mit heißem, dampfendem Wasser füllt, schält sich Draco aus seiner Kleidung und beginnt, mich ebenfalls auszuziehen.

Er knurrt zufrieden, als ich nackt vor ihm stehe, lässt seinen Blick über mich wandern und seine Erregung wird deutlich sichtbar.

Jetzt sehe ich ihn zum ersten Mal in all seiner Pracht. Sein Körper ist so durchtrainiert und kraftvoll, harte Muskelpakete zeichnen sich unter seiner glatten Haut ab,

Adern treten sichtbar auf seiner Brust und seinen Armen hervor. Er ist ohne Frage furchteinflößend – aber er ist auch der anziehendste Mann, dem ich je begegnet bin.

Er steigt in den Whirlpool und bietet mir seine Hand, um mir hineinzuhelfen. Als ich langsam in das warme Wasser sinke, stöhne ich vor Erleichterung.

„Das fühlt sich herrlich an“, flüstere ich mit geschlossenen Augen und tauche bis über die Schultern ein.

Ich spüre, wie Draco mich an sich zieht. Er selbst lehnt mit dem Rücken gegen die Wand und hält mich zwischen seinen Beinen an sich gedrückt. Ich spüre deutlich seine Erektion, die sich gegen meinen Körper presst.

Will er es hier in der Wanne tun? Ich hoffe nicht, ich bin so erschöpft, dass ich in seinen Armen einschlafen könnte. Als er seine Arme um mich schlingt, erwarte ich, dass er beginnt, mich zu verführen … sein harter Schaft signalisiert eindeutig, was er will.

Aber ich irre mich. Seine Hände wandern nicht über meinen Körper und zwischen meine Beine, da sind keine fordernden, drängenden Liebkosungen, um sein Verlangen zu befriedigen. Er hält mich einfach schweigend an seine Brust gedrückt, seine Finger streicheln zärtlich über meine Schulter, beruhigend, nicht auffordernd. Er spürt, wie erschöpft ich bin – todmüde, aber gleichzeitig zu tief in seiner Schuld, um ihn abzuweisen, wenn er sich mir nähern würde. Doch statt sich einfach zu nehmen, was er will, gewährt er mir seinen Schutz, ohne eine Gegenleistung zu fordern. Er stellt seine Bedürfnisse hinter meinen zurück.

*Gott, wie ich diesen Mann liebe.*

Ich fahre in seinen Armen hoch, als mir klar wird, was ich gerade gedacht habe.

„Was ist?“, murmelt er stirnrunzelnd.

„Nichts.“ Meine Stimme klingt atemlos. „Ich wäre bloß … fast eingeschlafen.“

Was für eine lahme Ausrede. Aber bin ich wirklich

bereit, ihm meine Liebe zu gestehen?

Himmel, ich bin ja nicht einmal bereit, sie mir selbst einzugestehen. Oder doch?

*Liebe* ich Draco?

Als er mich behutsam wieder in seine Arme zieht und ich seinen muskulösen Körper um mich spüre, weiß ich, dass ich nirgendwo sonst auf der Welt sein will, als hier bei ihm.

*Oh mein Gott.*

*Ich liebe ihn wirklich.*

„Du kannst so lange hier bleiben, wie du willst", flüstert er. „Ich werde dich beschützen, bis wir dir die CIA vom Hals geschafft haben. Meine Einheit arbeitet mit Hochdruck daran."

„Und danach?" Meine Stimme klingt leise. Ich hebe den Kopf und sehe ihm in die Augen.

„Danach?"

„Was geschieht, wenn diese ganze Sache vorbei ist?" Mein Herz pocht heftig, weil ich mich vor seiner Antwort fürchte. Wird er mich wegschicken, sobald die Gefahr gebannt ist? „Ich weiß, du fühlst dich verantwortlich für mich. Du siehst es als deine Aufgabe an, mich aus diesem Albtraum lebend rauszubringen." Plötzlich habe ich Angst, ihn zu verlieren. Ich ertappe mich dabei, dass ich mir wünsche, die CIA würde mich weiterhin bedrohen, nur damit Draco in meinem Leben bleibt.

Bin ich verrückt geworden?

„Genau das werde ich auch tun", erwidert er. „Ich verspreche dir, ich werde auf dich aufpassen, bis du in Sicherheit bist."

„Was, wenn ich gar nicht in Sicherheit sein will?", flüstere ich kaum hörbar.

Draco legt verwundert den Kopf schief. Der Blick seiner eisblauen Augen ruht dabei so intensiv auf mir, dass es sich anfühlt, als könnte er direkt in mich hineinsehen. „Willst du denn nicht wieder zurück in dein altes Leben?"

Ich schüttele den Kopf. „Alles was ich will, ist, bei dir

zu sein.“ So, jetzt ist es raus. Obwohl ich schon die ganze Zeit mit ihm in der Wanne liege, fühle ich mich nach meinem Geständnis plötzlich noch nackter, falls das überhaupt einen Sinn ergibt.

„Wie kannst du das wollen?“, fragt er leise, verwundert und ungläubig. „Alles an mir muss dich doch an die Hölle erinnern, der du gerade entkommen bist.“

„Aus der du mich befreit hast“, erinnere ich ihn. „Warum hast du das getan, Draco? Was ist der wahre Grund, warum du mich beschützt und befreit hast?“

Seine hellen Augen werden dunkler. Er zieht mich an sich und küsst mich mit so viel Gefühl, dass ich atemlos zurückbleibe.

„Ich denke, das weißt du“, murmelt er rau.

„Warum hältst du es dann für so abwegig, dass ich ebenso für dich empfinde?“

„Tust du das?“

Anstelle einer Antwort küsse ich ihn zurück, langsam und sehr zärtlich.

Als sich unsere Lippen voneinander lösen, schließen sich seine Arme enger um mich, und er birgt meinen Kopf an seiner Halsbeuge.

„Ich habe gedacht, du würdest nichts mehr mit mir zu tun haben wollen, sobald wir zurückgekehrt sind“, sagt er leise. „Dass du so schnell und so weit wie möglich weglaufen würdest, um mir und den Erinnerungen an deine Entführung zu entkommen.“

Ich schmiege mich an ihn. „Du hast dich geirrt.“

„Im Gefängnis in Moskau hatte ich schreckliche Angst um dich“, gesteht er. „Du warst so verletzlich, und meine Führungsoffiziere waren bereit, dich umzubringen, um Informationen aus dir herauszuholen. Ich war die ganze Zeit über kurz davor, dich zu packen und mit dir zu fliehen, um dich in Sicherheit zu bringen.“

„Trotz deiner Mission?“

„Scheiß auf die Mission“, knurrt er. „Wahrscheinlich wäre ich mit dir abgehauen, selbst wenn Cameron nicht gestorben wäre. Doch nach seinem Tod musste ich sofort handeln, sie hätten dich keine Stunde länger am Leben gelassen.“

Er war bereit gewesen, seine Mission für mich aufs Spiel zu setzen. Meine Gedanken kehren zu unserer Flucht zurück und ich erinnere mich an die Verwunderung seiner Kameraden, als sie gesehen haben, wie Draco mich behandelt hat.

„Darf ich dich etwas fragen?“

„Natürlich. Alles.“

„Hawke und die anderen schienen so … überrascht darüber, dass ich … dir wichtig bin“, bringe ich umständlich hervor.

*Warum?* will ich wissen. *Warum bist du so verschlossen?* Ich hole tief Luft und wage einen Vorstoß. „Warum gibt es keine Frau in deinem Leben?“

Draco erwidert nichts. Stattdessen erhebt er sich, steigt schweigend aus dem Whirlpool und bietet mir seine Hand. Ich klettere tropfnass heraus und fürchte, ihn verärgert zu haben. Er hüllt mich fürsorglich in ein großes Badetuch, schlingt sich selbst eines um die Hüften und führt mich in sein Schlafzimmer.

Auch hier herrschen dunkel Farben vor. Außer dem riesigen Doppelbett gibt es keine Möbel, nur einen begehbaren Schrank. Allerdings besteht eine Wand aus einer Fensterfront und bietet einen unglaublichen Blick über das nächtliche L.A..

Ich schlüpfe unter das kühle Satinlaken, Draco lässt sein Badetuch achtlos zu Boden fallen und streckt sich neben mir aus. Ich bereue meine Frage längst und wünsche mir, doch die Klappe gehalten zu haben.

Die Dunkelheit seines Schlafzimmers hüllt uns ein, nur die Lichter der Stadt glitzern vor dem großen Fenster. Plötzlich zieht er mich in seine Arme und bettet meinen Kopf an seiner Brust. So dicht an ihn geschmiegt zu liegen fühlt sich so richtig an, dass ich beinahe losheule.

Was ist nur los mit mir? Wahrscheinlich bin ich einfach

vollkommen überanstrengt.

„Bevor ich zum Urban Warrior Corps gekommen bin, war ich tatsächlich bei der russischen Armee“, beginnt Draco plötzlich. Seine Stimme klingt so leise, dass ich den Verdacht habe, dass er nicht mit vielen Menschen über seine Vergangenheit spricht. Ich halte den Atem an und lausche. „Ich war Mitglied einer Sondereinheit für Terrorbekämpfung. Wir waren eine Eliteeinheit, hielten uns für unbesiegbar. In den Augen unserer Feinde waren wir das auch, leider aber nicht die Menschen, die wir liebten.“

Ich spüre, wie sich ein dicker Kloß in meinem Hals bildet.

„Ihr Name war Irina“, fährt er leise fort. „Nachdem wir eine Terrorzelle ausgelöscht hatten, haben sie sie entführt, gefoltert und umgebracht. Ich habe alles in meiner Macht Stehende getan, um sie zu retten, aber es war vergebens. Ich bin zu spät gekommen.“ Seine Finger streicheln über meinen Rücken, aber er scheint unendlich weit entfernt zu sein. „Als ich herausgefunden habe, dass meine Vorgesetzten diese Verbrecher wegen eines politischen Deals geschützt haben, bin ich durchgedreht. Ich habe die Armee verlassen, habe Irinas Peiniger aufgespürt und sie ausgelöscht, einen nach dem anderen. Es hat mein Verlangen nach Rache befriedigt, aber es hat mir keine Ruhe geschenkt. Panther ist auf mich aufmerksam geworden und hat mir angeboten, für das UWC zu arbeiten. In Russland stand eine Belohnung auf meinen Kopf, also habe ich meinen Tod vorgetäuscht und bin nach Amerika geflohen.“ Er atmet langsam aus. „Das alles kommt mir vor, als wäre es in einem früheren Leben geschehen. Danach bin ich innerlich zu Stein geworden, ich hätte nicht gedacht, jemals wieder etwas empfinden zu können.“ Er drückt seine Lippen auf meine Stirn. „Bis ich dich getroffen habe.“

„Deshalb hast du mich gerettet?“ Meine Stimme klingt erstickt, meine Brust ist eng. Ich spüre seinen Schmerz, als wäre es mein eigener. „Weil ich dich an Irina erinnere?“

Er schüttelt in der Dunkelheit den Kopf. „Du bist überhaupt nicht wie sie. Du bist Lilly. Deine Schönheit, dein Mut … du hast mein versteinertes Herz wieder zum Schlagen gebracht.“

Ich stütze mich auf den Ellbogen auf und küsse ihn. Er erwidert meinen Kuss, sanft und … liebevoll. Dann schließt er mich wieder in seine Arme.

„Schlaf jetzt, meine Schöne“, flüstert er.

Ich schmiege mich an ihn, spüre seinen harten, warmen Körper neben mir, und ein völlig verrückter Gedanke schießt mir durch den Kopf.

*Wenn ich ein russisches Militärgefängnis ertragen musste, um das Herz dieses Mannes zu gewinnen, dann ist es das definitiv wert gewesen.*

Stunden später werde ich durch ein Klingeln aus dem Schlaf gerissen. Helles Tageslicht durchflutet Dracos Schlafzimmer. Ich blinzele verschlafen, Draco streckt sich neben mir nach seinem Handy.

„Hallo?“

Er runzelt die Stirn und setzt sich im Bett auf. Schweigend hört er zu, sein Blick mit einem undefinierbaren Ausdruck auf mich gerichtet.

„Seid ihr ganz sicher, dass das funktioniert?“, fragt er nach einer Weile. „*Ganz sicher*, Hawke?“

Hawke scheint etwas zu erwidern.

„Ist mir scheißegal“, knurrt Draco. „Ich will Panthers Wort. Ich will eine hundertprozentige Garantie, dass sie in Sicherheit ist.“

Jetzt beginnt mein Herz, heftiger zu schlagen. Ich setze mich ebenfalls auf, das Laken um meinen Körper gewickelt.

„Okay“, sagt Draco schließlich. „Ich komme mit ihr vorbei, um den Papierkram zu erledigen. Hawke?“ Er macht eine kurze Pause. „Danke.“

„Was ist passiert?“, frage ich, als Draco auflegt.

„Wie es aussieht, bist du aus der Schusslinie. Die CIA hat ihre Bluthunde an die Kette gelegt.“

Ich reiße die Augen auf. „Was? Sie sind nicht mehr hinter mir her?“

Draco schüttelt den Kopf.

„Aber … was ist mit all den Dingen, die ich weiß? Haben sie keine Angst, dass ich etwas ausplaudern könnte?“

„Panther hat ein paar Gefallen bei sehr einflussreichen Freunden eingefordert“, sagt Draco dunkel. „Und zur Sicherheit liegt deine beeidete Aussage bei unseren Anwälten auf Eis. Für den Fall, dass jemand versucht, dir ein Haar zu krümmen, geht die Akte direkt an den Obersten Gerichtshof.“

„Ich habe keine beeidete Aussage abgegeben“, sage ich verwirrt.

„Noch nicht. Aber das weiß die CIA nicht. Ich werde dich noch heute ins Hauptquartier fahren, wo die Anwälte auf dich warten und deine Aussage aufnehmen werden. Das wird deine Lebensversicherung sein, Lilly.“

„Du meinst, so lange die CIA mich in Ruhe lässt, schweige ich, und niemand erfährt, was geschehen ist?“

„Das ist der Deal. Die CIA behält ihr Druckmittel gegen die Russen, und du behältst dein Leben.“

Ich presse meine Lippen aufeinander. „Was ist mit Cameron? Soll sein Tod ungesühnt bleiben?“

Plötzlich wird Dracos Gesicht sehr ernst. „Sein Tod ist nicht ungesühnt geblieben, Lilly.“

Ich fühle, wie mir das Blut aus den Wangen weicht. „Was hast du getan?“, flüstere ich.

Draco streckt die Hand nach meiner aus, zögert jedoch, mich zu berühren, und ballt seine Hand stattdessen zu einer Faust.

„Als ich erfahren habe, dass Cameron tot ist, da habe ich … ich habe den russischen Offizier umgebracht, der ihn *verhört* hat.“ Dracos Augen ruhen aufmerksam auf mir, er verfolgt meine Reaktion genau.

„Du hast … *was?*“, hauche ich tonlos.

„Ich habe ihn erdrosselt.“ Seine Worte klingen ruhig, beinahe emotionslos. Seine Faust ist jedoch so angespannt, dass seine Knöchel weiß hervortreten. Er sitzt mir vollkommen reglos gegenüber, fast so, als ob er befürchtet, mich zu verschrecken.

Mein Blick flackert über seine massiven Arme, seinen mächtigen Bizeps. Ich kann mir lebhaft vorstellen, dass er einen anderen Mann erwürgen kann.

„Warum hast du das getan?“, frage ich leise. „Wegen Cameron?“

„Nein“, gibt er zu. „Ich habe es deinetwegen getan. Der Offizier hat damit geprahlt, Cameron zu Tode gefoltert zu haben, und dann hat er angekündigt, dass es dir ebenso ergehen wird. Da habe ich Rot gesehen.“

Er schweigt und wartet. Ich weiß nicht, was ich darauf erwidern soll, also starre ich auf meine Finger, die sich um das Bettlaken verkrampfen.

„Hast du … jetzt wieder Angst vor mir?“, fragt er leise. Seine Stimme klingt merkwürdig fremd.

Ich blicke auf und sehe ihn an. „Nein“, flüstere ich. Dann lege ich meine Hand auf seine Faust und öffne sie behutsam. „Ich bin froh, dass du Camerons Mörder zur Rechenschaft gezogen hast.“

„Du weißt, dass ich dir niemals wehtun würde“, murmelt Draco eindringlich. Unsicherheit flackert in seinen Augen, so als ob er erwartet, dass ich aufspringe und vor ihm davonlaufe.

Ich lege meine Hand an seine Wange. „Ich weiß.“ Dann lehne ich mich zu ihm und küsse ihn auf den Mund.

Sein Körper reagiert sofort. Draco erwidert meinen Kuss, verzweifelt wie ein Ertrinkender, drängt mich zurück auf die Laken, bis ich auf dem Rücken liege und er über mir ist. Er stützt sich mit den Unterarmen ab, ich spüre das Gewicht seines großen Körpers auf mir, während er mich weiterhin küsst, als bräuchte er mich wie die Luft zum Atmen.

„Ich könnte es nicht ertragen, wenn du mich fürchtest", murmelt er atemlos. Sein Körper drängt sich an meinen, er schiebt sich zwischen meine Schenkel und ich spüre seine Erektion.

„Ich fürchte dich nicht", flüstere ich. „Ich vertraue dir, Draco."

Wieder küsst er mich, diesmal voller Leidenschaft, ich lasse mich von seiner männlichen Dominanz überwältigen, mein Körper schmiegt sich weich und nachgiebig an seinen.

„Du weißt nicht, wie sehr ich dich begehre", keucht er, als er spürt, wie ich ihm mein Becken entgegen hebe. Zwischen meinen Beinen pulsiert es, ich verspüre ein schmerzhaftes Ziehen und das unbändige Verlangen, ihn endlich in mir zu spüren.

Ich kralle meine Finger in sein Haar, meine Lippen liegen nah an seinem Ohr. „Fick mich", flüstere ich heiser.

Dracos starke Arme packen mich und halten mich fest, während er seinen Schwanz an meinen feuchten Eingang legt und in mich schiebt.

So langsam und bewusst von ihm in Besitz genommen zu werden, steigert meine Erregung ins Unermessliche. Während sein harter Schaft in mir zuckt, sieht Draco mir in die Augen, sein Blick dunkel vor Begehren.

Dann zieht er sich aus mir zurück und stößt heftig zu.

Ich schreie auf, zuerst vor Schreck, dann vor Lust. Ich schlinge meine Beine um Dracos Becken, damit er noch tiefer in mich eindringen kann, klammere mich an seinen Rücken und versuche, seine kraftvollen Stöße zu parieren.

Er hält mich fest umklammert und fickt mich hart. Ich bin so erregt, dass selbst seine Größe mir nichts ausmacht, ich will ihn nur noch tiefer in mir spüren und dränge ihm mein Becken entgegen.

Ich weiß, dass ich nicht lange durchhalten werde, seine heftigen Stöße katapultieren mich so schnell auf den Orgasmus zu, dass ich fast den Verstand verliere.

Meine Fingernägel krallen sich in Dracos Rücken, ein

heiserer Schrei entringt sich meiner Kehle, als die befreienden Wellen über mich hereinbrechen wie eine Naturgewalt. Ich fühle, wie Dracos gesamter Körper sich verspannt, wie er zu pumpen beginnt und sein Orgasmus ebenso ungezähmt über ihn hinwegrollt wie meiner.

Dann sinkt sein mächtiger Körper über mir zusammen, sein Atem geht heftig und ich fühle sein Herz rasen. In seliger Erlösung streichele ich über seinen Rücken und lasse meine Finger in seinem blonden Haar spielen, während mein Atem und mein Herzschlag sich langsam wieder beruhigen.

Als er mich ansieht, sind seine Augen wieder tief und aufgewühlt wie die arktische See. „Ich will nie wieder ohne dich sein“, flüstert er rau. Dabei streicht er zärtlich über das kleine Muttermal auf meiner Wange, eine Geste, die mir inzwischen schon so vertraut ist, und die mir jedes Mal einen angenehmen Schauer über den Körper jagt.

„Ich habe nicht vor, dich jemals wieder gehen zu lassen“, erwidere ich. Er ist immer noch in mir, ich schließe neckend meine inneren Muskeln um seinen Schwanz und spüre, wie er wieder hart wird.

Draco stößt ein tiefes, zufriedenes Knurren aus und senkt seine Lippen auf meine zu einem langen, intensiven Kuss.

*Mein Drache*, denke ich glücklich, bevor Draco mich dem nächsten Höhepunkt entgegenträgt.

ENDE.

# Bonuskapitel

Das ist die Szene, in der Lilly Dracos Folter zum ersten Mal ausgeliefert ist – diesmal aus Dracos Sicht.

Im Verhörraum des Militärbunkers, Moskau.

Das hier ist bei Weitem nicht mein erstes Verhör, aber verdammte Scheiße, darauf war ich nicht vorbereitet.

Als ich die Tür zum Verhörraum öffne und sehe, wie diese Schweine sie mir präsentiert haben, muss ich all meine Willenskraft aufbringen, um nicht zu ihr zu stürzen und die verdammten Ketten aus der Verankerung zu reißen.

Sie haben sie bis auf die Unterwäsche ausgezogen, ihr schlanker, zierlicher Körper zittert vor Kälte.

Verdammt, wahrscheinlich zittert sie vor Angst.

Wut steigt in mir auf, es verlangt mir ein Übermaß an Selbstbeherrschung ab, die Sache durchzuziehen. Am liebsten würde ich sie befreien und diese Dreckskerle abknallen – aber das geht nicht, noch nicht.

Ich muss den richtigen Zeitpunkt abwarten, bis die Verhöre von Kinkirk vorbei sind, und ich mit den beiden fliehen kann. Bis dahin muss ich die Kleine am Leben erhalten und für ihre Sicherheit sorgen.

Ihre *Sicherheit?* Ihre Hände sind über ihrem Kopf an eine Kette gefesselt, die von der Decke hängt. Wahrscheinlich steht sie gerade Todesängste aus.

Sie weiß nicht, dass ich sie beschützen will. Für sie bin ich der Feind, der sie misshandeln wird. Wie könnte sie jemals etwas anderes in mir sehen als den Mann, der sie foltern soll?

*Sie wird dich hassen, wenn das alles vorbei ist.*

Ich straffe die Schultern.

*Aber sie wird am Leben sein.*

Man hat ihr die Augen verbunden, also weiß sie noch nicht, dass ich es bin, der den Raum betreten hat. Ich muss mich ihr zu erkennen geben, vielleicht wird das ihre Furcht mildern.

„Sollen wir beginnen, Lilly?"

Ich weiß, dass wir abgehört werden, also muss ich meine Rolle überzeugend spielen, sonst sind wir beide tot. Ich gebe meiner Stimme einen harten Klang, aber als die Kleine unter meinen Worten zusammenzuckt, fühle ich mich, als hätte ich sie geschlagen.

Verdammt, als die Soldaten sie entführt haben, wusste ich, dass das übel enden würde. Ich könnte Kinkirk dafür erwürgen, dass er sie verraten hat. Dieser elende Feigling, welcher Mann versteckt sich schon hinter einer wehrlosen, unschuldigen Frau?

Noch dazu war sie seine Geliebte! Die Vorstellung, dass dieses miese Stück Dreck sie berührt hat, facht meinen Zorn noch mehr an. *Ihn* sollte ich verhören, verdammt, nicht dieses arme Mädchen! Ich würde diesem Schwein gern zeigen, was ich von Männern wie ihm halte.

Aber er ist der Auftrag, meine Zielperson. Die Mission geht vor.

*Draco, du belügst dich selbst.*

Vom ersten Augenblick, in dem ich sie gesehen habe, in der Menschenmenge im Foyer bei der Konferenz, hat sie etwas in mir berührt. Etwas, von dem ich gedacht habe, dass es tot und zu Stein geworden war … aber als sie mich angesehen hat, ist ihr Blick direkt in mein Inneres geschossen wie ein Pfeil. Sie hat die Mauern, die ich seit Jahren aufrecht erhalte, in einem einzigen Augenblick durchbrochen.

Ohne darüber nachzudenken, habe ich alles riskiert, um ihre Entführung zu verhindern – ich habe die Mission riskiert und mein eigenes Leben. In diesem Moment hätte mir klar sein müssen, wie sehr sie mich in ihren Bann gezogen hat.

Jetzt, in diesem Augenblick, mag sie mir wehrlos ausgeliefert sein. Doch die Wahrheit ist, dass ich ihr ebenso schutzlos ausgeliefert bin, seit sie mein Herz berührt hat. Ich kann es vor den anderen verstecken, aber nicht vor mir selbst.

Ich werde sie beschützen, oder dabei zugrunde gehen.

Ich schließe die Tür und trete auf sie zu, bis ich neben ihr stehe. Ihr zarter Körper bebt, aber ihr Duft entwaffnet mich. Ich muss meine Hände zu Fäusten ballen, um Bedrohlichkeit in meine Stimme zu zwingen.

„Hast du über meine Worte nachgedacht? Gibt es etwas, das du mir sagen möchtest?"

„Bitte, Draco …", fleht sie. „Bitte … ich weiß doch nichts!"

Es bricht mir das Herz, sie in solcher Furcht zu erleben. Furcht vor *mir*.

Ich muss etwas tun, um ihr zu beweisen, dass ich sie nicht verletzen werde.

Ich kann es ihr nicht sagen, selbst ein Flüstern wäre zu riskant. Nichts darf auf den Aufnahmen zu hören sein.

Mir bleibt nichts anderes übrig, als es ihr mit meinen Berührungen zu beweisen. Ich muss nur höllisch aufpassen, dass sie uns nicht verrät.

Ich setze wieder den bedrohlichen Ton auf. „Das ist schade. Dann lässt du mir keine andere Wahl."

Sie hält ganz still, verkrampft sich, während ich um sie herumgehe und hinter ihr stehen bleibe. Wahrscheinlich erwartet sie, dass ich jeden Moment mit der Folter beginne.

*Lilly, meine Schöne, ich würde dir niemals wehtun.*

„Bitte", flüstert sie verzweifelt. „Bitte nicht …"

*Natürlich nicht. Hab keine Angst.* Ich lege meine Hand vorsichtig an ihre Hüfte. Sie missversteht meine Berührung und zuckt furchtsam zusammen.

Ich senke meine Lippen auf ihren Nacken und küsse ihre zarte Haut.

Sie erstarrt. Vertraut sie mir nicht? Glaubt sie vielleicht, ich will sie täuschen?

Ich trete vor sie und es kostet mich den letzten Rest meiner Selbstbeherrschung, um in meiner Rolle zu bleiben.

„Du wirst gleich anfangen, zu reden, Lilly. Das tun sie alle."

Dabei umfasse ich ihr Gesicht mit meiner Hand und streichele mit dem Daumen über das Muttermal auf ihrer Wange, so, wie ich es in der Zelle getan habe, als ich ihr versichert habe, dass sie mich nicht zu fürchten braucht und dass ich ihr niemals wehtun werde.

Erinnert sie sich daran? Versteht sie meine Botschaft? Einen Moment lang erwäge ich, ihr die Augenbinde abzunehmen in der Hoffnung, sie in meinem Blick lesen zu lassen, dass sie mich nicht zu fürchten braucht.

Aber der Raum ist voller Folterwerkzeuge und ich weiß, dass meine Augen kalt wie Eis sind. Seit Irinas Tod ist die Wärme in ihnen erloschen. Mir wird klar, dass ich damit Lillys Vertrauen nicht gewinnen kann, ich würde sie nur noch mehr ängstigen. Es ist besser, wenn sie die kalten Augen ihres Peinigers und die Waffen, die mir zur Verfügung stehen, nicht sieht.

Ich streichele weiter über ihre Wange und warte ihre Reaktion ab. Nach einer Weile scheint sie sich ein klein wenig zu entspannen, also wage ich es, meine Hand sanft auf ihren Bauch zu legen. Ich will ihr beweisen, dass ich keine Folterwerkzeuge bei mir trage und dass meine Hände sie nicht verletzen werden.

Sie zuckt zurück, doch die Fesseln lassen kaum eine Bewegung zu. Ich warte ab, gebe ihr Zeit, um sich zu beruhigen und sich an meine Berührung zu gewöhnen.

„Was machst -?", beginnt sie, doch ich halte ihr sofort den Mund zu. Ich kann nicht riskieren, dass sie uns verrät. Sie verstummt, ob vor Angst, oder weil sie begreift, was vor sich geht, weiß ich nicht.

„Du redest, wenn ich es sage!" Um meinen Worten die Härte zu nehmen, streichele ich langsam über ihren Bauch.

Lilly schweigt, das lässt mich hoffen.

Ich lasse meine Finger über ihre schmale Taille gleiten, ihren Rücken hinauf und langsam an ihren Seiten wieder hinunter. Ihr Körper ist so zierlich, dass ich mir gar nicht ausmalen will, was geschehen wäre, wenn ein anderer Offizier sie *verhört* hätte.

Mein Inneres verkrampft sich. Wahrscheinlich hätte sie es nicht überlebt.

Ich lasse ihr viel Zeit, um sich zu beruhigen. Ganz langsam wird ihr Atem regelmäßiger. Ich streiche an den Innenseite ihrer Oberarme entlang, über ihre Unterarme hinauf bis zu ihren gefesselten Händen, dann wieder über ihre Seiten hinunter.

Mir scheint, dass sie sich ein wenig entspannt und beginnt, mir zu vertrauen. Sanft beuge ich mich zu ihr und küsse die Innenseite ihres Oberarms.

Sie wehrt sich nicht, hält ganz still, während ich sie entlang des Arms bis zum Schlüsselbein küsse.

Ich muss mich verdammt zusammenreißen, weil mein Körper heftig auf sie reagiert. Mein Schwanz ist so hart, dass er schmerzt.

Aber hier geht es nicht um mich, es geht um sie.

Ich will, dass sie mir vertraut, ich will diese traumatische Erfahrung in ein schönes Erlebnis für sie verwandeln.

Ganz langsam streiche ich mit meinen Händen über ihren Brustkorb nach oben, bis ich ihre kleinen, festen Brüste erreiche. Sie trägt einen dieser aufreizenden Spitzen-BHs, die mehr zeigen, als sie verhüllen.

Mann, als wäre das nicht auch so schon eine Feuerprobe für meine Selbstbeherrschung!

Ich lasse meine Daumen behutsam über ihre Brüste kreisen, bis ich ihre Nippel berühre. Als ich fühle, wie sie sich unter meinen Fingern aufrichten, beginnt mein Schwanz zu zucken. Sie macht mich so scharf, dass ich in der Hose kommen könnte.

*Reiß dich zusammen, Draco.*

Aber ich kann nicht mehr widerstehen. Ich muss ihre Nippel küssen, die sich mir durch den dünnen Stoff ihres BHs entgegenrecken. Vorsichtig umfasse ich sie mit meinen Lippen, streiche mit der Zunge darüber. Meine Küsse werden intensiver, als ich spüre, dass Lilly nicht vor mir zurückweicht, sondern meine Liebkosungen willkommen heißt.

Meine Hände gleiten hinunter zu ihrer Taille, zu ihren Hüften, und streichen sanft über ihre schmalen Beckenknochen.

Wie zierlich sie gebaut ist! Mein Schwanz pocht gnadenlos, verlangt danach, sie in Besitz zu nehmen.

Meine Finger streichen weiter nach unten, gleiten über ihre Oberschenkel und streicheln an den Innenseiten nach oben. Ein Gefühl des Triumphs breitet sich in mir aus, als ich fühle, wie sie ihre Beine ein wenig spreizt, damit ich sie zwischen ihren Schenkeln streicheln kann.

Mein Atem geht schneller, ich kann mich kaum noch beherrschen. Genießt sie es ebenso sehr wie ich?

Gott, sie ist feucht, ich spüre es durch den Slip hindurch. Ja, bei allen Heiligen, sie genießt es ebenso wie ich!

Ich berühre sie durch den Stoff hindurch, reize sie, bis sie sich in den Fesseln windet. Es fasziniert mich und macht mich so unendlich scharf, wie sie sich meinen Berührungen hingibt, dass ich beinahe vergesse, wo wir uns befinden.

Wir müssen ein glaubwürdiges Verhör liefern! Jetzt, da ich mir ihres Vertrauens sicher bin, ziehe ich ihren Kopf zu mir heran und presse die Lippen auf ihr Ohr.

„Schrei vor Schmerz."

Sie zögert nur einen Moment, dann schreit sie los.

„*Neeein!*"

Das war mehr als überzeugend! Um ihr meine Zufriedenheit zu beweisen, lecke ich über ihre Brustwarze, was sie aufstöhnen lässt.

Wie gern würde ich sie jetzt unter mir spüren! Wie gern

würde ich sie vor Lust zum Stöhnen bringen, zum Schreien … wie gern würde ich in sie eindringen.

Meine Hand gleitet wieder zwischen ihre Beine, ich massiere sie, bis sie sich mir entgegendrängt. Dann schiebe ich meine Finger unter ihren Slip, lasse sie über ihrer Klitoris kreisen, bis sie beginnt, ihre Scham an meiner Hand zu reiben.

Sie ist bereit, ich spüre es. Ich packe ihren Hintern und halte sie fest, und dann schiebe ich einen Finger in ihre feuchte Mitte hinein.

Gott, was ich darum geben würde, wenn ich stattdessen meinen Schwanz in sie hineinstecken könnte!

Ich streichele und necke sie, ziehe meinen Finger immer wieder zurück und schiebe ihn dann umso tiefer in sie hinein, bis sie ihren Mund zu einem lautlosen Stöhnen öffnet.

Als ich die empfindlichste Stelle in ihr reize, fühle ich, wie sich ihr Körper anspannt, wie sie unaufhaltsam auf die Explosion zureitet … bis sich die Spannung plötzlich entlädt und sich ihre kleinen Muskeln um meinen Finger kontrahieren.

*Genau das ist es, was ich dir schenken wollte, Lilly.*

Sie sinkt gegen mich, ich lege meine Arme um sie und streichele sanft über ihren Rücken. Wir haben nicht mehr viel Zeit, ich darf nicht riskieren, dass einer meiner Vorgesetzten doch noch ins Verhör reinplatzt.

Es ist schwer, meine Stimme bedrohlich klingen zu lassen. „Genug für dieses Mal.“

Ich lasse sie los, gehe zur Tür und schlage mit der Faust dagegen, damit die Soldaten hereinkommen und Lilly mitnehmen. Mein Schwanz ist hart und prall in meiner Hose, es fällt mir nicht schwer, meine Frustration in Aggression umzuwandeln und die Soldaten anzuschnauzen, dass sie Lilly unversehrt zurück in die Zelle bringen sollen.

Ich drohe ihnen, um klarzustellen, dass die Gefangene nicht angefasst wird.

Als ich allein im Verhörraum zurückbleibe, lasse ich mich gegen den Tisch sinken. Mein Schwanz pocht unerträglich, aber ich bin froh, dass es mir gelungen ist, Lillys Vertrauen zu gewinnen.

Ich gestatte mir sogar für einen Moment die Hoffnung, dass sie dieses Vertrauen vielleicht sogar dann noch empfinden wird, wenn diese ganze Sache vorbei ist.

*Draco, hör auf zu träumen.* Wahrscheinlich liegt es daran, dass mein Körper momentan nicht mein Hirn durchblutet, sondern meinen Schwanz.

Ich reiße mich zusammen und stehe auf. Ich werde tun, was nötig ist, um Lilly sicher hier rauszubringen – und verbiete mir jeden weiteren Gedanken daran, wie es wäre, die Zuneigung dieser wundervollen Frau zu gewinnen.

Das ist ein Wunsch, der sich niemals erfüllen wird …

# Leseprobe aus
# Urban Warriors, Band 3: Remus

## Prolog

Remus hat sein Leben riskiert, um mich vor tödlichen Drogendealern zu beschützen. Aber er hat noch viel mehr als das für mich getan.

Er hat mir gezeigt, wer ich wirklich bin.

## Kapitel 1

Das Blut des Mannes schießt aus seiner Ader und spritzt mir mitten ins Gesicht.

„Verdammt nochmal!“ Ich habe die Arterie verletzt. „Eine Klemme, schnell!“

Ich greife nach dem Instrument, das mir Schwester Trisha reicht, während ich das Blutgefäß mit meinen Fingern zusammendrücke. Dann klemme ich die Ader ab, die Blutung ist gestillt, mein Assistenzarzt Craig saugt das überschüssige Blut ab.

Ich wische mir hastig über das Gesicht und arbeite weiter. Seit sechs Stunden hänge ich über dem Brustkorb dieses Patienten, setze den dritten Bypass. Es ist weit nach Mitternacht.

Achtundfünfzig, Raucher, Arterienverstopfung, ein Herzinfarkt. Mr Miller … George, James, ich weiß es nicht mehr.

Ich spüre meine Beine kaum noch, aber wir haben es fast geschafft. Trisha, meine unermüdliche OP-Schwester, tupft mir den Schweiß von der Stirn.

„Sie machen das schon, Doc.“

Es dauert eine gefühlte Ewigkeit, bis der dritte Bypass gesetzt ist. Dann die Probe … er ist durchlässig.

Innerlich atme ich ebenso auf wie mein gesamtes Team. Ich lehne mich zurück.

„Machen Sie zu, Dr. Sanders."

Craig übernimmt eifrig. Ich weiß, dass er seit sechs Stunden die Klemmen gehalten hat, weil er auf diese Chance gehofft hat. Er ist einer dieser eingebildeten, selbstverliebten Studienabgänger, die meinen, als Chirurg geboren worden zu sein.

Niemand ist als Chirurg geboren. Es hat mich acht Jahre harte Arbeit gekostet, um hier zu stehen.

Aber Craig hat Talent. Eines Tages wird er ein fähiger Chirurg sein. Ich blicke ihm über die Schulter, während er den Brustkorb des Patienten schließt.

Trisha macht einen Scherz, während sie beginnt, die Instrumente wegzuräumen, und ich bin in Gedanken schon fast auf dem Heimweg, als es plötzlich geschieht. Kammerflimmern.

Sofort sind alle in Alarmbereitschaft. Ich spritze Mr Miller Adrenalin, Craig tritt bebend zurück, bevor ich dem Patienten einen Elektroschock verpasse. Und noch einen. Und einen dritten.

„Kommen Sie schon, wir haben nicht sechs Stunden hier geschuftet, damit Sie jetzt sterben", stoße ich zwischen den Zähnen hervor. Ich schocke ihn ein letztes Mal.

Nichts.

Das EKG zeigt eine Nulllinie.

Das ist einer dieser Momente, in denen ich es hasse, Ärztin zu sein. Der OP fühlt sich plötzlich nüchtern und leer an. Die Enttäuschung des ganzen Teams liegt in der Luft, alle sind erschöpft und niedergeschlagen.

Ich werfe einen Blick auf die Uhr. „Sterbezeitpunkt: 1 Uhr 47."

Dr. Craig sucht verunsichert meinen Blick. Seine Coolness bröckelt.

„Herzversagen.“ Ich bemühe mich um einen neutralen Tonfall. „Kommt vor. Sie haben gut gearbeitet, Dr. Sanders.“

Ich verlasse den OP, um Mr Millers Familie mitzuteilen, dass ihr geliebter Ehemann und Vater es nicht geschafft hat. Die Worte kommen ruhig und beherrscht über meine Lippen, während die Familie um mich herum zusammenbricht.

So lange ich die kühle Fassade noch aufrechthalten kann, drehe ich mich um und gehe. Ich ziehe mich in einen der hinteren Waschräume zurück, die selten benutzt werden, und streife mir die OP-Kleidung vom Körper. Meine Hände zittern. Meine Finger krampfen sich um das Waschbecken, ich beginne zu schluchzen. Ich möchte gegen die Wand treten, um meine Wut rauszulassen, möchte weinen und schreien, doch ich habe keine Kraft mehr. Eine einzelne Träne läuft über meine Wange und ich fühle mich, als müsste ich mich übergeben.

So geht es mir jedes Mal, wenn ich einen Patienten verliere. Dann schwöre ich mir, nie wieder in den OP zurückzukehren, und am nächsten Tag tue ich es doch.

Ich rutsche an der Wand entlang hinunter, bis ich auf dem kalten Fliesenboden sitze, schlinge meine Arme um meine Beine und meine Schultern beben, während ich lautlos weine.

Irgendwann ist mein Kopf leer. Ich weiß nicht, wie lange ich schon hier auf dem Boden des Waschraums kauere. Ein Blick auf die Uhr sagt mir, dass es kurz vor drei Uhr morgens ist.

Der Rest des Teams ist längst nach Hause gegangen. Ich ziehe mich am Waschbecken auf die Beine und schlurfe nach draußen, um mich umzuziehen.

Die Spitalsgänge sind menschenleer und ruhig, obwohl im L.A. Memorial eigentlich immer viel los ist. Aber es ist mir Recht, dass mir kein Kollege über den Weg läuft, mir ist nicht nach Smalltalk zumute. Ich will einfach nach

Hause, eine heiße Dusche nehmen und schlafen.

Auf dem Weg nach draußen fällt mir auf, dass im Vorratsraum des chirurgischen OPs noch Licht brennt. Ich nähere mich dem Raum, öffne die Tür und strecke schon die Hand nach dem Lichtschalter aus, als ich plötzlich ein Geräusch aus dem hinteren Teil des Raums höre. Es kommt von irgendwo hinter den Regalen.

Ich runzele die Stirn. „Hallo? Trisha, sind Sie das?“

Stille.

Ich trete einen Schritt auf die Regale zu. „Hallo?“

Nichts.

„Wer ist da? Ich rufe den Sicherheitsdienst.“

Ich bin drauf und dran, auf den Gang zu laufen und den Alarm auszulösen, als plötzlich ein junger Mann zwischen den Regalen hervortritt. Ich kenne ihn flüchtig, er ist einer der Pflegehelfer auf der chirurgischen Station.

„Ramón! Was machen Sie denn hier?“

„Dr. Bright … nichts … die Abendlieferung ist heute später gekommen als gewöhnlich, ich wollte bloß sichergehen, dass alle Medikamente für morgen vorrätig sind. Tut mir leid, falls ich Sie erschreckt habe.“

Sein Dienst scheint schon zu Ende zu sein, denn er trägt Jeans und hat eine Sporttasche dabei. Während er sich an mir vorbeischiebt, murmelt er einen Gruß und verschwindet dann in Richtung der Aufzüge.

Ich werfe einen prüfenden Blick in den Vorratsraum, dann lösche ich das Licht und versperre die Tür.

Der Raum ist voller verschreibungspflichtiger Medikamente und ich bin keine Idiotin. Morgen früh werde ich als erstes mit dem verantwortlichen Lagerverwalter sprechen und eine genaue Inventur empfehlen. Es wäre nicht das erste Mal, dass Krankenhausmitarbeiter Medikamente entwenden. Manche ziehen damit sogar ein lukratives Geschäft auf, und ich hoffe für Ramón, dass er die Wahrheit gesagt hat.

Mein Wagen steht in der Tiefgarage. Ich hasse es, zu

dieser Uhrzeit allein durch die einsamen Gänge zu gehen. Meine Schritte hallen von den Wänden, als ich die Garage durchquere und auf meinen Wagen zugehe.

Niemand begegnet mir und ich lenke den Wagen aus der Tiefgarage hinaus. Dabei spiele ich bestimmt zum hundertsten Mal mit dem Gedanken, nie wieder ins Memorial zurückzukehren, um nie wieder einen Patienten verlieren zu müssen. L.A. und das alles hinter mir zu lassen, einfach loszufahren, ohne Ziel, ohne Plan, ohne zu wissen, was mich erwartet.

Davon träume ich schon mein ganzes Leben. Doch ich bin zu feig, um es zu wagen.

Bevor ich auf die Hauptstraße einbiege, erwecken ein paar Männer in der Seitengasse neben der Garagenausfahrt meine Aufmerksamkeit. Sie stehen um einen Lieferwagen herum und diskutieren in gedämpften Stimmen. Ich erhasche bloß einen flüchtigen Blick auf sie, doch dann erkenne ich Ramón unter ihnen. Er scheint eine Meinungsverschiedenheit mit einem der Männer zu haben, während ein anderer Ramóns Sporttasche in den Lieferwagen lädt.

Mir kommt der Gedanke, dass Ramón in Schwierigkeiten stecken könnte, ich lasse den Wagen langsamer rollen und beobachte die Szene. Ich folge meinem Gefühl, ziehe mein Smartphone aus der Tasche und schieße ein Foto.

Plötzlich bemerkt mich einer der Männer und Ramón wendet sich mir zu. Da begreife ich, dass sie Ramón nicht belästigen, sondern dass er zu ihnen gehört. Mein Instinkt schreit mir zu, mich so schnell wie möglich aus dem Staub zu machen und ich trete aufs Gas.

Noch während ich mich in den Hauptverkehr einreihe und das Memorial hinter mir zurückfällt, weiß ich, dass es zu spät ist. Die Männer haben mich gesehen und Ramón hat mich erkannt. Was auch immer in dieser Seitengasse gerade gelaufen ist, die Männer wissen, dass ich sie beobachtet habe.

Ein klammes Gefühl breitet sich in meinem Inneren aus. Ich werfe alle paar Sekunden einen Blick in den Rückspiegel, in der Erwartung, dass der Lieferwagen hinter mir auftaucht.

„Mach dich nicht verrückt", murmele ich zu mir selbst, um mich zu beruhigen. „Wahrscheinlich war es gar nichts. Du bist überarbeitet. Sei nicht paranoid."

Trotzdem schießt mein Blick alle paar Sekunden zum Spiegel. Die Minuten vergehen, kein Lieferwagen taucht auf.

Langsam beruhige ich mich wieder. Erleichterung mischt sich mit der Müdigkeit, die jetzt schwer über mir zusammenbricht. Niemand verfolgt mich, alles ist gut.

Trotzdem nehme ich mir vor, am nächsten Tag den Sicherheitsdienst zu informieren. Wenn Ramón nichts getan hat, dann hat er nichts zu befürchten, aber die ganze Sache kommt mir merkwürdig vor.

In den letzten Monaten gab es immer wieder Medienberichte über Banden, die illegalen Medikamentenhandel betreiben. Die Medikamente werden aus Kliniken und Apotheken entwendet, auch das Memorial war schon betroffen.

Ich werfe nochmal einen Blick in den Rückspiegel. Obwohl niemand hinter mir her ist, habe ich noch immer ein ungutes Gefühl im Magen.

Nach einer halben Stunde bin ich endlich zu Hause. Ich parke vor dem Haus und hole meine Sachen aus dem Kofferraum. Die Straße ist menschenleer, es muss gegen drei Uhr morgens sein.

Ich laufe ins Haus und verriegele die Tür. Drinnen ist es dunkel und still. Es hat mich nie gestört, dass ich allein lebe, bis heute.

Heute wünsche ich mir zum ersten Mal, jemanden zu haben, der mich beschützt. Mein Herz pocht, ich schalte das Licht ein und kontrolliere die Zimmer.

„Du bist paranoid", murmele ich immer wieder. „Überarbeitet und paranoid. Hier ist niemand."

Als ich mich vergewissert habe, dass ich allein bin, ziehe ich die Vorhänge im Schlafzimmer zu, schlüpfe aus meiner Jeans und dem T-Shirt und drehe die Dusche auf.

Das heiße Wasser läuft über meinen Körper, ich schließe die Augen und genieße den warmen Wasserstrahl. Es ist wie ein Ritual, das Wasser wäscht die Erinnerungen an die missglückte Operation von mir, damit ich nach vorn schauen und weitermachen kann.

Doch immer wieder kehren meine Gedanken zu Ramón und den Männern hinter dem Krankenhaus zurück. Mit einem flauen Gefühl im Magen schalte ich das Wasser ab und steige aus der Dusche. Ich wickele mich in ein Badetuch, sammele meine Kleidung vom Boden auf und trete aus dem Badezimmer.

Dann sehe ich die fremden Männer in meinem Schlafzimmer und schreie los.

## Kapitel 2

Ich lasse meine Kleidung fallen und renne auf die Haustür zu. Zwei Schritte weit komme ich, dann umklammern mich kräftige Hände und reißen mich zurück.

Ich schreie und trete gegen den Mann, der mich festhält. Er schleift mich zurück ins Schlafzimmer, wo seine Freunde warten. Sie sind zu dritt, ich glaube zwei von ihnen wiederzuerkennen. Es sind die Männer, die mit Ramón bei dem Lieferwagen gestanden sind.

„Wer sind Sie?“, kreische ich. „Was wollen Sie? Lassen Sie mich sofort los!“

Der Mann, der mich gepackt hat, hält mir den Mund zu. Sie Finger graben sich so grob in meine Haut, dass mir vor Schmerz die Tränen in die Augen schießen.

„Halt die Schnauze, Schlampe.“ Einer seiner Freunde tritt auf mich zu. Ich winde mich unter dem harten Griff und reiße die Augen auf, als der Mann ein Messer zieht.

Der dritte Mann, ein Kerl in einem blauen Shirt, greift

nach meiner Handtasche und leert den Inhalt aufs Bett. Er fischt mein Smartphone heraus und dreht es zwischen seinen Fingern.

„Du hättest kein Foto von uns machen sollen, Süße.“

„Mach schon, Juan“, knurrt der Mann, der mich festhält. „Schneide ihr die Kehle durch.“

Mein Verstand rast. Ich bin tatsächlich in irgendeinen kriminellen Deal hineingestolpert. Ramón muss den Männern verraten haben, wer ich bin, und sie müssen mir doch gefolgt sein.

Jetzt werden diese Männer mich umbringen! Ich wehre mich verzweifelt, die Todesangst verleiht mir ungeahnte Kräfte. Es gelingt mir, den Mann, der mich festhält, so heftig gegen das Bein zu treten, dass er mich fluchend loslässt.

Ich stürze auf die Tür zu, doch sein Freund mit dem Messer greift nach meinem Arm und reißt mich zurück. Dabei rutscht das Badetuch von meinem Körper.

Ich stehe nackt vor den Männern, und der Kerl mit dem Messer bekommt glänzende Augen. Er packt meine Handgelenke und starrt meinen Körper gierig an.

„Wisst ihr was, wir werden uns vorher mit der Kleinen amüsieren. Seht sie euch an, wäre doch schade, so etwas verkommen zu lassen.“

Der Dritte steckt mein Smartphone ein und schlendert zu uns, ein schmieriges Grinsen auf den Lippen. „Wir werden sie alle durchficken, und dann kannst du sie umbringen, Juan.“

Mein Magen dreht sich um, Tränen laufen über meine Wangen. Ich wehre mich und trete nach Juan, dabei schneidet er mich mit dem Messer. Ich bin so sehr in Panik, dass ich den Schnitt nicht spüre, ich sehe nur das Blut, das hellrot über meinen Arm rinnt.

Der Kerl, der mich als Erster festgehalten hat, tritt von hinten an mich heran und packt grob meine Brüste. Ich schreie erschrocken auf, die Männer lachen. Dann wirft mich Juan aufs Bett, während sie beginnen, ihre Hosen zu öffnen.

Ich krieche über die Matratze, greife wahllos nach irgendetwas auf dem Nachttisch, das ich als Waffe verwenden kann, erwische die Nachttischlampe und schleudere sie den Männern entgegen. Mit einem Krachen prallt sie gegen meinen verspiegelten Schrank, die Scherben regnen splitternd auf den Boden, und im nächsten Moment ist Juan über mir.

Er hält mich fest und zwingt meine Schenkel auseinander. Ich schreie und spucke ihn an, wehre mich verzweifelt, doch ich habe keine Chance gegen ihn. Seine Freunde lachen und feuern ihn an.

Ich bete, aus diesem Alptraum zu erwachen, doch ich fühle Juans alkoholisierten, stinkenden Atem in meinem Gesicht. Gleich wird er mich vergewaltigen, und danach werden seine Freunde über mich herfallen. Wahrscheinlich werde ich sie danach anflehen, mich umzubringen.

Mein ganzer Körper ist verkrampft, ich höre das Grölen der Männer – und plötzlich verstummen sie.

Juan ist über mir, ich kann nicht sehen, was geschieht, aber ich höre ein Röcheln und dann einen schweren Körper zu Boden fallen. Einer der Männer stößt einen Fluch aus, Juan dreht sich um und endlich kann auch ich sehen, was geschieht.

Ein vierter Mann ist aufgetaucht, er steht in meinem Schlafzimmer über einem von Juans Freunden, der leblos auf dem Boden liegt. Der fremde Mann ist größer als Juan und die anderen, breit und durchtrainiert. Er hat schulterlange, braune Locken und ein so männliches, attraktives Gesicht, dass er als Model Karriere machen könnte.

In diesem Moment sieht er jedoch zum Fürchten aus. Seine braunen Augen blitzen und er schwingt in jeder Hand eine unterarmlange Klinge.

# ÜBER DIE AUTORIN

Lea T. Earl schreibt erotische Liebesromane mit starken männlichen Hauptfiguren und Heldinnen, die über sich hinauswachsen.

Bereits erschienen:
Urban Warriors, Band 1: Leon
Urban Warriors, Band 2: Draco

Weitere Romane sind in Vorbereitung.
Weitere Informationen unter:
www.leatearl.wordpress.com

5272036R00108

Printed in Germany
by Amazon Distribution
GmbH, Leipzig